Les avatars d'un génie
Hommage à Romain Gary

Sous la direction éditoriale d'Anna Alexis Michel

Les avatars d'un génie

Hommage à Romain Gary

Sous la direction éditoriale d'Anna Alexis Michel

ÉDITIONS
RENCONTRE DES
AUTEURS FRANCOPHONES

Couverture

Sandra Encaoua Berrih

Contributeurs

Anna Alexis Michel, Mona Azzam, Thael Boost, Frann Bokertoff, Magali Breton, Luxy Dark, Laurent Desvoux-D'Yrek, Zeina Fayad, Benjamin Hoffmann, Bélinda Ibrahim, Martine L. Jacquot, Florence Jouniaux, Vanina Joulin-Bajetat, Didier Kimmel, Gérard Laffargue, V. Maroah, Aby M'baye, Sandrine Mehrez Kukurudz, Patricia Raccah, Marie-Amélie Rigal, Jean K. Saintfort, Nathalie Sennegon-Nataf, Élisabeth Simon-Boïdo, Michel Tessier, Max Vanger, Caroline Zeitoun.

J'ai tout essayé pour me soustraire,
mais personne n'y est arrivé,
on est tous des additionnés.

Pseudo, Romain Gary/Émile Ajar

Avant-propos

Il est des aventures réussies qui commencent parfois sur le coin d'une table. C'est l'histoire passionnante de ce réseau unique dans le monde, considéré aujourd'hui, comme le premier réseau littéraire internationale mondial avec ses 350 auteurs présents dans cinquante-deux états et territoires de notre grande planète.

Si cette formidable aventure a déjà quatre ans, elle n'a pourtant que quatre ans. Elle prouve que la passion l'emporte sur tout. La volonté et l'ambition de permettre aux auteurs d'être visibles, mais aussi celle de permettre à une mission d'exister et de s'étendre, mois après mois. Cette mission de cœur, c'est de propager la culture francophone partout et de la rendre accessible à tous. Qu'elle quitte les bancs des universités pour descendre dans la rue. Qu'elle frappe aux portes là où on ne l'attend pas, qu'elle s'infiltre sur des territoires où elle régresse, qu'elle séduise des lecteurs qui n'avaient pas osé ouvrir un livre en français, convaincus qu'ils n'en avaient pas la capacité.

Ce réseau, devenu une grande famille de cœur à travers le monde, est né en mars 2020, lors de la célébration du cinquantenaire de la Francophonie à New York. Quelques mois auparavant, je me trouvais face à une assemblée passionnée de Francophones du monde qui m'a interpellée et émue. C'est avec des amoureux de la langue de Molière dans le monde que je voulais vibrer désormais. L'année 2020 allait me donner une formidable opportunité de mettre en œuvre cette idée. Alors que la Covid me privait de mon activité de productrice d'événements, elle m'ouvrait la voie à de nouvelles opportunités, me donnant le temps nécessaire pour lancer Rencontre des Auteurs Francophones et y consacrer mon temps et mon énergie.

L'idée – germée quelques mois plus tôt sur un coin de table floridienne avec Anna Alexis Michel – prenait vie. Cette plate-forme et son réseau unique devaient permettre aux auteurs du monde entier de langue française, aguerris ou inconnus, d'accéder à un programme quotidien de mise en avant de leur travail d'écriture et à un panel d'outils de communication innovants. Le réseau est vite devenu une famille stimulante qui ne cesse de grandir et de fonctionner en tribu.

Aujourd'hui plus de trois cent cinquante auteurs originaires de cinquante pays nous ont rejoints, sous l'aile bienveillante de grands auteurs sensibilisés aux missions du réseau. Il puise sa force dans celle de ses auteurs investis, qui tout au long de l'année se soutiennent, s'encouragent et font grandir cette initiative.

Émissions et interviews, blog, rendez-vous internationaux, dédicaces, Festival des Auteurs Francophones en Amérique, en Belgique, en Malaisie et en France, participation aux salons du Livre, librairie en ligne, ouverture d'antennes en Belgique, France, Djibouti, Haïti, Asie, Liban, Algérie, Maroc, Canada et

Océanie… Tel est le bilan de ces quatre années d'existence.

En juin 2023, le réseau a réalisé le rêve fou de créer une maison d'édition francophone sur le sol américain : elle s'est donné pour mission première de publier des ouvrages collaboratifs diffusés dans le monde, assurant ainsi la promotion des écrits de ses membres contributeurs auprès d'un lectorat international et de représentants institutionnels et culturels.

Le premier ouvrage a célébré l'anniversaire de la naissance de Marguerite Yourcenar ; le deuxième, les quatre-vingts ans du Petit Prince de Saint Exupéry ; le troisième a rendu hommage à Albert Camus ; le quatrième était consacré aux mères. Le cinquième livre de la collection est sorti pour le premier festival des Auteurs francophones à Kuala Lumpur en Malaisie, organisé le 24 mars 2024 par Pom Ehrentrant, directrice de Rencontre des Auteurs Francophones en Asie. Celui que vous tenez entre les mains, consacré à Romain Gary, est donc le sixième livre d'une collection jeune, mais riche.

Pourquoi le choix de Gary ? Parce que nous fêtons en ce mois de mai 2024 le cent-dixième anniversaire de la naissance de l'auteur. Auteur, mais aussi homme aux identités multiples, Gary ne cessa de réinventer sa vie, brouillant les pistes de ses origines, devenant en outre pilote, diplomate, réalisateur, et bien sûr amoureux passionné.

Après quelques avatars, celui qui est né sous le nom de Roman Kacew se transforme en celui que nous connaissons, Romain Gary, ce personnage qui lui vaudra tous les honneurs. Mais cet être polymorphe n'hésitera pas, la gloire venue, à se réinventer en un auteur inconnu, Émile Ajar, auquel il prêtera le visage d'un petit-cousin. Ce dernier avatar lui permettra un exploit : celui d'être le seul auteur à avoir, sous des identités différentes, obtenu deux fois le prix Goncourt : une première fois sous le nom de Romain Gary pour *Les Racines du ciel*, en 1956, et une seconde sous le pseudonyme d'Émile Ajar, pour *La Vie devant soi*, en 1975.

Gary a peut-être choisi de se soustraire, mais il n'a réussi qu'à s'additionner et c'est maintenant au tour de nos auteurs de lui prêter de nouvelles vies…

© Sandrine Mehrez Kukurudz

Remerciements

Merci aux contributeurs, qu'ils soient poètes, auteurs, professeurs ou chercheurs qui ont permis la naissance de cet ouvrage collectif.

Merci à tous ceux qui soutiennent le réseau tout au long de l'année, qu'ils soient professionnels de la culture ou lecteurs investis. Merci à ses membres auteurs.

Merci à notre marraine Amanda Sthers, nos parrains Marc Levy et Yasmina Khadra (Algérie), et nos membres d'honneurs et soutiens : Jean-Baptiste Andrea, Grégoire Delacourt, André Comte-Sponville, Alexandre Jardin, Benoît Cohen, Monique Proulx, Éric Chacour, Marek Halter, Line Papin, Olivia Elkaïm…

Merci à Anna Alexis Michel qui a accepté de prendre la direction éditoriale de cette collection de livres *Hommage* et à Sandra Encaoua Berrih, directrice artistique de la collection, pour ses magnifiques aquarelles. Leur travail et leur amitié nous permettent de vous offrir cet ouvrage de qualité.

Merci aux ambassadeurs du réseau qui font un incroyable travail et à nos soutiens du premier jour. Un grand merci également aux auteurs qui prennent le temps d'apporter une aide essentielle au succès grandissant de Rencontre des Auteurs Francophones, devenu le premier réseau littéraire francophone dans le monde. Ce réseau est unique, fier de la magnifique famille dont il est composé.

Merci enfin à mon mari qui m'a encouragée à me battre pour donner aux auteurs la visibilité qu'ils méritent et qui me pousse à dépasser les limites pour faire grandir plus encore cette plate-forme.

J'aimerais aussi finir par une pensée émue pour Naourdine Boubayaa, vieil ami de vingt ans et soutien du réseau. C'est grâce à sa bienveillance que nous avons ouvert certaines antennes, développé nos relations avec des associations dont Action Création dont il était le Secrétaire Général, et mis sur pied certaines actions importantes. Son décès est une perte énorme pour tous ceux qui l'ont côtoyé et ont mesuré sa générosité.

L'année 2023 fut l'année de l'internationalisation du réseau, notamment par le biais de ses antennes dans le monde, dirigées par des ambassadeurs passionnés. L'année 2024 a vu l'extension du Festival des Auteurs Francophones à New York et le lancement des premières éditions en Europe et en Asie. Si rien n'est possible sans vous, tout est possible avec vous. Merci de votre lecture et de votre soutien.

© Sandrine Mehrez Kukurudz

Romain et Mirabelle

Martine L. Jacquot
(Acadie, Canada)

At the minnow pool – David Octovius Hill & Robert Adamson - National Gallery

Il y a une centaine d'années, Romain, quand tu t'appelais encore Roman Kacew, tu devais ressembler à ma petite-fille Mirabelle qui, du haut de ses cinq ans, chemine chaque matin sur le trottoir de Vilnius vers la garderie où elle va rejoindre ses amis, jouer et parfaire une de ses langues maternelles. Comme toi à ton âge, elle va lever un regard joyeux et plein de promesses vers le ciel où peut-être des ballons danseront, ou bien un nuage s'effilochera, et elle sourira sans se soucier de demain. *La vie devant soi* ! Elle tiendra à la main un *spurgos* ou un *šimtapalis* que son papa lui aura acheté à la pâtisserie pour son goûter. Son papa, mon petit garçon devenu grand. Mon artiste aux possibilités infinies dont je n'ai jamais douté...

Sans doute Mirabelle salue-t-elle, en passant dans la rue J. Basanavičius, où tu habitais, la statue qui te représente enfant. Elle ne connaît pas encore ton nom – tes noms, ton œuvre. Tu es simplement, dans ton élan immobile, un drôle de gamin qui serre une godasse sur son cœur et qui l'interpelle.

Elle ne feuillette encore que des contes de fées ornés d'images colorées et raffole d'histoires où règne la magie. Sans doute te prendrait-elle pour un prince si on lui demandait de te décrire.

Si vous vous croisiez aujourd'hui, défiant le temps, elle t'inviterait probablement à dessiner ou à jouer à cache-cache. Ou peut-être partagerait-elle son gâteau avec toi. Tout serait si simple. Quand on est enfant, la géopolitique n'existe pas et l'imagination n'a pas de limites. On a un cœur pur à cinq ans. On ne sait pas que les routes sont longues, parfois tortueuses, parfois barrées. Mais ta mère, Romain, savait qu'il y a toujours une main invisible qui nous pousse dans le dos, déverrouille des portes et guide nos mains vers un crayon. Elle savait qu'il y a en permanence le regard invisible de ceux qui nous aiment pour nous aider à nous relever quand on trébuche.

Quelque part se croisent le regard d'une mère qui jadis fabriquait des chapeaux et celui d'un père qui aujourd'hui en porte toujours un. Le regard aimant de ceux qui semblent aller toujours plus loin, dans une quête qui pourrait ressembler à une fuite loin de l'ennui et de la médiocrité, mais n'est qu'un besoin de réalisation. Ils font une lecture confiante d'un texte qui s'écrit sur la ligne d'horizon, et raconte que demain sera lumineux.

J'imagine ma petite Mirabelle sautillant sur le trottoir et saluant le petit Roman que tu fus, debout sur ton socle, figé dans l'arrogance de ton assurance. Je l'imagine agitant la main. Ami imaginaire ou ami hors du temps, vous vivez dans le même univers. La ville qui vous regarde grandir, Vilnius, a changé de pays, mais pas de place. Elle se souvient de toi.

Tant d'années séparent vos années d'insouciance, mais le sol, lui, n'oubliera pas.

© Martine L. Jacquot[1]

---

[1] Docteure en lettres, femme de lettres polygraphe prolifique, son œuvre s'inscrit dans la littérature acadienne. Elle est poétesse, romancière, nouvelliste, essayiste et auteure pour la jeunesse. La plupart de ses œuvres se situent à notre époque, mais elle a aussi abordé le roman historique. Elle est titulaire de nombreux prix dont le Prix Européen de l'ADELF (Association des écrivains de langue française) Mention spéciale 2007 avec *Au gré du vent*.

Les avatars d'un génie
Hommage à Romain Gary

The dark end of the street

Benjamin Hoffmann
(France/États-Unis)

© Anna Alexis Michel – Eternity now

*Elle avait des yeux où il faisait si bon vivre
que je n'ai jamais su où aller depuis.*
Romain Gary

À condition de se pencher un peu sérieusement sur la question, on a tôt fait de s'apercevoir qu'il est beaucoup plus difficile qu'on le pense de se tuer.

J'en suis arrivé à cette conclusion il y a sept ans, au terme de longues heures passées à méditer sur la meilleure manière d'en finir. La « meilleure manière », je ne suis pas très sûr de ce que cela voulait dire, j'imagine que je cherchais avant tout une probabilité de réussite aussi grande que possible tout en réduisant au maximum la quantité de douleur associée. Une armurerie se trouvait à dix minutes de mon domicile et j'aurais pu me procurer un revolver sans difficulté. Ma méconnaissance des armes à feu dressait néanmoins devant moi une série d'obstacles qui, dans mon état d'abattement généralisé, me semblaient proprement insurmontables. Il aurait fallu apprendre à charger les munitions et retirer la sécurité, faire l'effort de regarder une série de tutoriels sur Internet : tout cela m'assommait d'avance, sans parler du risque de mal m'y prendre et de ressasser des années durant, petite conscience allumée comme une veilleuse dans un corps paralysé, comment j'avais pu être assez maladroit pour me retrouver dans un état végétatif. Par chance, un site internet est venu m'offrir de nouvelles perspectives de décès. Tout en recommandant aux internautes de renoncer à leur projet, de tourner, en somme, sept fois leur couteau dans leur main avant de le plonger dans leur ventre, il présentait l'éventail des suicides envisageables en signalant les inconvénients associés à chacun. Les solutions médicamenteuses ne me satisfaisaient guère, je les jugeais trop féminines, une remarque machiste j'en suis sûr, mais que j'étais prêt à assumer au seuil de la mort : au point où j'en étais, le politiquement correct ne me concernait plus. Se trancher les veines dans une baignoire représentait sans doute un choix acceptable, mais là encore, je n'étais pas séduit. Au bout du compte, c'est la corde que j'ai choisie.

Manifestement, je ne suis pas allé au bout de mon projet sinon, je ne serais pas là à vous raconter cette histoire. Je dois cependant au respect de la vérité d'ajouter que je suis allé aussi loin qu'il est possible dans ma démarche sans la mener à terme. Le tabouret était sous mes pieds, j'avais la tête dans le nœud, il ne manquait vraiment qu'un peu de bonne volonté pour en finir. Et pourtant, seul dans mon sous-sol, sans témoin sinon Dieu qui devait m'observer en songeant : « sautera, sautera pas ? », j'ai contemplé une dernière fois ma décision. Les experts étaient catégoriques : une dizaine de secondes seraient nécessaires pour perdre conscience, suivies par quatre minutes au moins avant d'atteindre la mort cérébrale. Au moment de me lancer, tout ceci me paraissait bien long... Peut-être suis-je pusillanime, inapte à supporter la douleur ou même l'idée de cette dernière ; toujours est-il qu'aussi machinalement que j'étais monté sur mon tabouret, j'ai accompli toute une série d'actions. J'ai dénoué la corde, attrapé un sac et la cage de Dove, ma Siamoise de trois ans ; dans le sac, j'ai jeté des vêtements, mon portefeuille, mon téléphone et mon passeport, Dove a rejoint sa cage en protestant et vingt minutes plus tard, j'étais parti. Parti, mais dans quelle direction ? C'est alors qu'écoutant cet appel à la réinvention de soi que des générations d'Américains me lançaient depuis les profondeurs de notre histoire, l'Ouest et sa promesse de pardon, l'Ouest dont les eaux sont un baptême et la lumière celle du commencement du monde, l'Ouest où l'Eden évanescent s'inscrit sur la toile même de l'horizon s'est imposé comme le but évident de mon voyage. Un road-trip depuis Newark jusqu'en Californie : cela me donnerait le temps de réfléchir.

Muet le premier jour, mon portable s'est encombré dès la fin du deuxième de notifications pressantes. Ma femme d'abord, ma mère ensuite, puis quelques amis qui s'étaient passé le mot, tout ce petit monde oublieux de ma personne se la remémorait soudain et s'inquiétait ou s'indignait de ne pouvoir la joindre à loisir. J'ai commencé à me sentir mieux lorsque j'ai jeté mon téléphone par la fenêtre : c'était quelque part à l'ouest du Nebraska, non loin de la frontière avec le Wyoming. Ce sentiment de bien-être s'est accentué à la seconde où, cédant à une inspiration soudaine, j'ai bifurqué vers le Sud. Je n'avais aucune idée de ce que j'allais y chercher ; mais je sentais poindre un commencement de curiosité à l'idée de le découvrir. Dans mon état, c'était une amélioration.

En avalant les *miles*, tandis que la succession des troupeaux et des abattoirs du Nebraska faisait place aux montagnes moutonnantes du Colorado, un dessein inattendu s'est présenté à mon esprit. Il était distinct du suicide tout en lui ressemblant étrangement : je songeais à disparaître. La fuite était peut-être cette forme optimale du suicide que je cherchais depuis le début, le moyen d'en finir avec cette vie en ménageant la possibilité d'une autre. Je pensais à ce Français, un certain Monsieur Romain Gary, qui pourrait me servir de modèle en la circonstance : des vies, il en avait vécu plus qu'un autre… Mes intentions se précisaient tandis que les exploitations pétrolifères proliféraient de part et d'autre de la route, avec le hochement de tête mécanique de leurs extracteurs qui ressemblaient à des droïdes en prospection sur une planète désolée : j'allais me rendre à Mazatlán, au Mexique, où un vieil ami avait ouvert une école de surf qu'il m'invitait périodiquement à découvrir. Mais vingt-quatre heures avant de passer la frontière, mes plans ont changé à nouveau.

À l'écart du centre-ville d'Alpine, j'avais loué une cabane dont le principal attrait était la modicité de son prix. Assis sur le seuil, je buvais un verre de tequila d'une main en caressant Dove de l'autre, absorbé par les flamboyances violet et rose du crépuscule texan. Une Toyota qui avait connu des jours meilleurs s'est garée non loin de moi et une jeune femme en est sortie avec une cargaison de sacs en plastique. Elle marchait vers sa porte quand Dove est venue la saluer. L'inconnue a posé ses sacs et, s'accroupissant devant la petite Siamoise, elle lui a gentiment gratté la tête.

– Comment elle s'appelle ?
– Dove.
– Dove ? C'est joli comme nom.
– Merci. C'est ma femme, ou plutôt, ma future ex-femme qui l'a choisi.

Aussitôt, l'inconnue s'est levée, elle a embarqué ses sacs et elle a disparu dans sa chambre. Je n'allais pas dire le contraire : j'étais heurté. Seul devant le désert, je méditais sur les mystères insondables que la psychologie féminine présentait à mon intelligence limitée lorsqu'à ma surprise, et comme pour confirmer le constat de mon incompréhension chronique, la jeune femme est revenue s'asseoir devant sa porte, posant entre ses pieds un gobelet et une bouteille de vin blanc.

— Je me suis dit que j'allais te tenir compagnie. Je m'appelle Emily, à propos.

— Christopher, ai-je répondu en la regardant mieux.

Les cheveux blonds et courts, elle avait l'air d'un chérubin, avec quelque chose d'à la fois charmant et asexué. Elle n'était pas vraiment mon type, mais j'étais séduit par son allure gracile et ses airs de fée clochette avec un accent du Texas. Quant à savoir pour quelles raisons elle était revenue me tenir compagnie, j'ai remis à plus tard de résoudre cette énigme. Elle a vidé la moitié de son verre avant de me demander :

— C'est difficile, de divorcer ?

— Pas forcément. On peut obtenir une dissolution du mariage en quelques jours.

— C'est ce que vous faites, ta femme et toi ?

— Pour nous, la situation est un peu plus compliquée. Nous avons une maison en commun et puis il me reste des dettes d'étudiant qu'elle ne veut pas rembourser : ce genre de choses.

— Des dettes d'étudiant, à ton âge ?

— Je ne suis pas si vieux que ça ! Quel âge tu me donnes ?

— Je sais pas… Trente-neuf, quarante ?

— Trente-deux en février dernier.

— Ah ! C'est que tu perds tes cheveux, c'est pour ça.

— Crois-moi, c'est le moindre de mes problèmes. Et toi, quel âge ?

— Vingt-cinq. Et déjà divorcée, enfin, séparée pour le moment.

J'ai levé mon verre et elle m'a imité avec le sien, un sourire pâle sur les lèvres.

— Mes parents vont faire une crise, ils ne sont pas encore au courant.

— Pourquoi ?

— Pourquoi ils vont faire une crise ou pourquoi ils ne sont pas au courant ?

— Les deux.

— Parce que j'ai quitté Ryan et parce que chez nous, on ne divorce pas. J'ai été élevée catholique…

— Ils ne divorcent pas, les catholiques ?

— En général, ils évitent. Mais là, je vais pas pouvoir faire autrement, vu la situation.

— Quelle situation ?

— Il m'a trompée.

Je me suis tu pour lui laisser l'opportunité de poursuivre et c'est ce qu'elle a fait après un long silence, soulagée de raconter les événements des derniers jours car la vie n'a de sens qu'une fois qu'elle est mise en récit, une fois qu'on l'attrape par un bout pour distribuer les rôles, établir la séquence des actions et s'inventer des finalités et même si les autres composent leur récit avec des héros et des mécanismes différents, cela vaut toujours mieux que la mélasse des choses, ce que les jours demeurent lorsqu'ils ne sont pas transmués en mots. Lentement la pénombre nous avalait tandis que l'histoire d'Emily se dépliait, celle d'un homme qui avait fait irruption dans sa vie et l'avait courtisée à l'ancienne, en demandant à son père la permission de lui parler, de l'emmener dîner, ce qui avait paru très recommandable à cette famille traditionnelle d'Odessa qui vouait un culte aussi ardent à Jésus qu'aux Dallas Cowboys ; un homme qui avait fait l'armée, qui parlait souvent de ses camarades, dont certains n'étaient pas revenus d'une vallée en Afghanistan ; un homme qu'elle trouvait séduisant, mais peut-être un peu perdu, à trente ans, il venait de terminer ses études et de trouver un emploi d'infirmier ; un homme qui l'avait demandée en mariage cinq mois après leur rencontre et à qui elle avait dit oui avant de se retrouver en Patagonie où ils avaient passé leur lune de miel à randonner. Souvent il lui parlait des homosexuels, se demandant comment on pouvait le devenir et surtout, si on pouvait cesser de l'être, il en discutait à la maison lorsqu'ils recevaient leurs amis, Jacob, un chirurgien, et son épouse, Ashley, qui l'avait prise aussitôt sous son aile.

Ashley lui tenait des discours qu'elle n'avait jamais entendus, au sujet de ces couples qui s'aiment très fort, mais s'ouvrent à des amitiés particulières et la jeune femme ne voulait pas en savoir plus, la vie venait pour elle avec des règles qu'elle aspirait à respecter et non à subvertir. Ainsi avait-elle résisté aux insinuations d'Ashley, qu'elle feignait de ne pas entendre et dont Ryan lui disait, lorsqu'elle les lui répétait en guettant sa colère, qu'elle les avait sûrement mal comprises, jusqu'au jour où un courriel surpris sur son ordinateur lui avait révélé ce qu'elle s'était aussitôt reproché de n'avoir pas deviné seule : la relation de son mari et Jacob. Et lorsqu'elle lui avait mis la preuve sous les yeux, loin de chercher à se disculper, il avait pris le même ton sournois qu'Ashley, en lui disant que celle-ci la trouvait à son goût et que peut-être, elle pourrait conclure avec elle le même arrangement qu'il avait avec son mari. Emily avait répondu qu'elle y réfléchirait, mais à peine était-il parti pour son service qu'elle avait fui ici, à Alpine, sans savoir quel parti prendre. À Ryan, elle avait parlé la veille au téléphone, il lui avait dit des choses épouvantables, qu'il détestait ses seins maigres, ses hanches étroites, sa coupe à la garçonne, d'ailleurs, elle ressemblait à ça, à un garçon, et si elle voulait un divorce, il était prêt à la satisfaire, on verrait bien qui voudrait d'elle, sans emploi ni diplôme et laide comme elle l'était. Et elle s'est mise à pleurer, à sangloter, même Dove était interpellée, elle levait sa jolie tête dans sa direction, la lumière qui venait de la réception était tout juste suffisante pour délimiter la forme recroquevillée d'Emily à cinq ou six pas de distance. Je me suis levé en prenant Dove que j'ai placée sur ses genoux, comme une peluche qu'on tend à un enfant qui pleure et ça n'a pas manqué, Emily l'a serrée contre elle et Dove s'est laissé bercer, embrasser, lui apportant par sa présence un peu de réconfort. Enfin, je me suis assis à côté d'Emily qui s'est tournée vers moi pour dire :

    — Tu crois que c'est vrai, ce qu'il a dit sur… sur moi ?

— Non, c'est un imbécile. Franchement, tu es ravissante.

Son sourire était assez lumineux pour transpercer la pénombre. Elle s'est approchée et elle a tenté de m'embrasser.

— Non, ai-je dit en la repoussant aussi doucement que possible.

— C'est parce que je te plais pas ?

— Non. C'est parce que je ne veux pas abuser de la situation. Tu as bu, tu es triste : je ne suis pas sûr que tu veuilles vraiment ça ; et je ne suis pas sûr non plus que tu me veuilles vraiment, moi.

— Si. Je suis sûre.

J'ai emporté Dove dans ma cabane. Et je suis revenu à Emily que j'ai prise par la main pour l'emmener dans sa chambre où nous avons fait l'amour durant les heures puis les jours qui ont suivi.

Comme des athlètes rompus de fatigue, il nous arrivait de prendre de longues pauses somnolentes, nous écoutions de la musique et souvent cette chanson revenait, *The Dark End of the Street*, et quand j'ai demandé à Emily pourquoi elle la repassait, elle a hésité à me révéler le fond de sa pensée avant de répondre : « pour qu'elle nous rappelle toujours ce moment ». Il nous arrivait de nous aventurer dans le désert alentour d'où la chaleur et le désir renaissant nous renvoyaient à notre abri. Au retour de l'une de ces promenades, Emily m'a soudain demandé :

— Qu'est-ce que tu fais au Texas ?

— Je fais l'amour à une belle inconnue.

– C'est exact. Mais je veux dire, qu'est-ce que tu es venu faire ici ?

– Il y a dix jours, j'ai essayé de me pendre.

Elle avait dans les yeux une compassion sincère qui m'a bouleversé. Je ne croyais pas qu'il soit envisageable que j'en fasse l'objet ; j'en avais oublié de longue date la possibilité.

– Tu plaisantes ? Mais pourquoi tu as voulu faire une chose pareille ?

C'était mon tour de prendre l'histoire par un bout, de l'organiser au lieu de me sentir accablé devant elle comme devant l'immensité du ciel dans la nuit. Alors je lui ai raconté les difficultés avec ma femme, qui ne m'avait jamais trouvé beau, elle-même me l'avait dit : c'était cette petite phrase, prononcée au début de notre relation, qui avait délogé comme une pierre dans mon psychisme avant que le temps ne déconstruise le reste. Pourquoi m'avait-elle épousé, je n'en étais pas très sûr, je crois que je lui avais apporté ce qu'une partie d'elle-même désirait, une forme de stabilité qui lui avait manqué en grandissant ; mais ce qui la rassurait la repoussait aussi, cette tendresse qu'elle prenait pour une permission à tout faire sans redouter les conséquences puisque j'étais celui qui ne partirait pas, celui qui s'y était engagé ; peut-être voulait-elle aussi explorer mes limites en s'effrayant de les atteindre, dans une quête pour déterminer à quel degré de soumission elle était susceptible de me conduire ; mais lui prouver ma dévotion, c'était me montrer indigne de son respect. Je l'ai perdu davantage quand j'ai été licencié, elle avait des mots d'une cruauté inouïe, je correspondais chaque jour davantage à l'image du raté qu'elle voyait en moi. Quand elle m'a quitté pour un collègue, j'ai commencé à sombrer dans mon coin. Il aurait fallu prendre un avocat, mais comment payer ses honoraires, répondre aux injonctions du sien, je n'en avais pas la force.

« Ma vie a rétréci comme un tunnel qui menait en droite ligne à mon sous-sol », ai-je conclu.

Emily a déclaré en me regardant droit dans les yeux : « Moi, je te trouve très beau », avant de m'attirer en elle. Plus tard, nous observions le ventilateur qui tournait au plafond quand elle m'a déclaré d'une voix sérieuse, presque solennelle :

– Je veux que tu promettes : dans un an, tu reviendras ici. Et moi aussi, je serai là. Et toi et moi, on se racontera de quelle manière on aura reconstruit nos vies. Mais tu dois promettre, d'accord ?

– D'accord. Je promets. Et toi ?

– Je promets aussi. Maintenant, il faut dormir.

Le lendemain, elle avait disparu.

Je n'avais pas autant pleuré depuis l'enfance, lorsqu'on finit par pleurer sans trop savoir pourquoi, lorsqu'on pleure avec l'intuition que c'est la vie même qui est triste, irrémédiablement amère et décevante et qu'il faudra pourtant en passer par elle, comme par un jour de classes sans fin lorsque la pluie tombe au-dehors.

Une année est passée.

J'ai laissé Dove chez ma mère et j'ai repris la voiture : direction le sud-ouest, direction Emily.

Ce qui m'avait soutenu au long des mois écoulés, c'était cette certitude : « Dans un an à Alpine, je la reverrai ». Tout ce que j'accomplissais, c'était en pensant à elle. En espérant qu'elle serait fière de moi, de chaque décision que je prenais pour retrouver un équilibre.

Au bout du voyage, Emily n'était pas là. Mais elle avait laissé une lettre à la réception.

Je l'ai ouverte quand je me suis retrouvé seul, assis dans la chambre où elle ne viendrait pas.

Christopher,

J'espère que tu vas mieux : tu es un homme bien et tu mérites d'être heureux. Je ne suis pas venue car j'ai rencontré quelqu'un. Un garçon gentil et doux ; il me parle déjà de mariage, mais cette fois, je ne vais pas me précipiter. Je suis jeune encore ; et toi aussi, tu es jeune encore, tous les deux, nous avons encore tellement d'années pour apprendre, changer. J'espère que tu ne m'en voudras pas trop d'avoir rompu ma promesse ; mais je ne voulais pas lui mentir et je ne voulais pas non plus lui dire qui j'allais retrouver. Je sais que tu comprendras. Toi et moi, on ne se reverra sans doute jamais ; mais jusqu'à la fin de ma vie, je me souviendrai de chaque moment que nous avons passé ensemble. Je crois qu'on s'est aidés l'un l'autre, tu ne crois pas ? En tout cas, tu m'as beaucoup aidée. Et pour cela, je t'aimerai toujours.

Emily

Longtemps, je suis resté immobile. À relire ces mots : « Toi et moi, on ne se reverra sans doute jamais ». Pour ces choses-là, les femmes ont toujours raison ; elles voient toujours plus loin que nous ; plus loin que le désir et le manque ; plus loin que la tristesse et la volupté.

Le lendemain très tôt, j'ai repris la voiture. Trois jours me séparaient de la côte-est, trois jours me séparaient des épreuves que j'y avais laissées ; désormais, il me faudrait y faire face sans la promesse de revoir Emily.

Et pour la première fois depuis son départ, tandis que les extracteurs de pétrole hochaient rythmiquement de la tête à la manière de vieux amis qui me faisaient leurs adieux, j'ai écouté *The Dark End of the Street*, la balade qu'elle passait lorsque nous paressions dans la pénombre. Emily avait raison : la mélodie était indissolublement liée aux jours que nous avions vécus ensemble. Il me suffisait de l'écouter et elles revenaient à l'identique, toutes les émotions qui se mêlaient en moi à l'époque, toute la tendresse, la reconnaissance et la détresse qui m'habitaient quand le ventilateur tournait sans fin au-dessus de notre lit. Prévoyante avant de disparaître, Emily avait construit pour nous seuls une machine à remonter le temps. J'ai continué à rouler, les *miles* s'accumulaient entre ma peine et notre rendez-vous manqué et soudain j'ai compris, en voyant la lumière vibrer devant moi comme elle le faisait un an plus tôt, lorsque nous sortions après l'amour dans la chaleur étouffante.

J'étais sorti du tunnel ; grâce à Emily, l'avenir était vaste comme le désert à l'horizon.

© Benjamin Hoffmann[2]

---

[2] Benjamin Hoffmann est l'auteur de romans et d'essais parus en France et aux États-Unis. Docteur de l'université Yale, il est professeur associé de littérature française à **l'université Ohio State**. Son prochain roman, *Les Minuscules*, est à paraître en avril 2024 aux Éditions Gallimard.

Les avatars d'un génie
Hommage à Romain Gary

Ilona l'interdite

Anna Alexis Michel

(États-Unis d'Amérique)

Illustration - Florence Sittenham Davey (détail) George Bellows 1914 - National Gallery

C'était certainement la femme que j'ai le plus aimée
dans ma vie et qui était faite pour vivre avec moi
jusqu'à la fin des jours, des miens, en tout cas.

Romain Gary, *La nuit sera calme*

Je la devine dans le réfectoire. La soupe au cerfeuil a le goût de la terre. L'air ne sent d'ailleurs plus que la soupe, à force qu'on en serve tous les jours. La soupe et les prières. Des tables s'élèvent des grognements. Les hôtes sont tous de vieux enfants pour qui le nombre de boulettes dans la soupe ou de tranches de pain gris qui l'accompagnent constituent les seuls enjeux du quotidien.

Tout est propre et sur le carrelage luisant, les semelles des chaussures des bonnes sœurs font, en crissant, le couinement de petites souris. De petites souris grises, comme les boucles argentées de leurs permanentes. De la modernité, les sœurs norbertines de la Maison de Béthanie de Sint-Antonius-Brecht n'ont retenu que l'aspect pratique : la petite coupe courte à bouclettes bleutées au lieu de la coiffe, le chemisier blanc, le gilet de laine bleue à manches longues ou courtes suivant la saison, la jupe trapèze sous le genou et les bas de contention beiges. L'abus de soupe et de *stoemp*[3] n'a rien arrangé à leurs gènes de robustes Flamandes et, dans leur flamboyante soixantaine, les bonnes sœurs sont plus interchangeables que des clones.

L'une d'elles s'approche d'Ilona qui traîne à table.

— Vous viendrez à la messe tout à l'heure ?
— Vous savez que je suis juive, ma sœur.
— Jésus l'était aussi.
— Il paraît. C'est pour ça qu'on l'a tué, non ?
— Vous avez pris vos médicaments ?
— Oui, oui, ma sœur.
— C'est bien. Je viendrai vous chercher pour la messe. Nous sommes d'accord ? Ça vous fait plaisir de venir à la messe, n'est-ce pas ?
— Ça m'amuse.
— Parfait, moi, ça m'enchante.

---

[3] En flamand, purée de pommes de terre aux légumes.

Ilona rentre dans sa chambre, dans le coin, il y a un petit lavabo. Dans le miroir au-dessus du lavabo, c'est une vieille dame aux cheveux blancs un peu fous et aux yeux aussi doux que la fourrure d'un chat persan qu'Ilona contemple.

Il n'y a pas longtemps qu'elle se rappelle, même si elle ne l'a encore dit à personne. Tout lui est revenu en une fulgurance. Du Danube, de ce qui s'est passé sur la rive. Même si elle s'était toujours rappelée d'avant, de son enfance à Budapest, avec son père, le sévère József, et sa mère, la douce Gizella, le sérieux dans le grand appartement du bel immeuble en pierre de taille, les promenades sur *Szabadág tér*, le Square de la Liberté, et celles le long du Danube, si proche.

Les petites sœurs qui naissent, Klára[4] d'abord, puis la petite Eva[5]. Les quatre domestiques, la cuisinière Mariska – grâce à laquelle la table familiale n'avait rien à envier au Ritz. La gouvernante française surnommée Madida qui servait de chaperon les soirs de bal. Puis finalement, comme une grande respiration, à dix-sept ans, l'Institut privé près de Versailles, le seul endroit où il lui avait semblé trouver sa place. L'envie insatiable d'échapper à ce milieu bourgeois et oppressant, de vivre. De vivre ! Oui, Ilona, qui était belle, si belle. *La plus belle fille de Budapest*[6]. Petit feu follet, éprise d'un bel aristocrate qui ne voulait pas d'elle[7].

---

[4] Klára Gesmay, épouse Rajk, née à Budapest le 14 mars 1910.
[5] Eva Gesmay, Furedi puis épouse Kalman née à Budapest le 28 mai 1912 et décédée le 7 janvier 2006.
[6] Rapporté par sa sœur Klára Rajk, *Den Kampfgeist niet verloren*, p.18
[7] Rapporté par Marianne Stjepanovic-Pauly, *Romain Gary : la mélancolie de l'enchanteur*, Éditions du Jasmin, 2018.

Évidemment, papa avait été furieux de la voir revenir de France plus éblouissante qu'une Parisienne. On lui avait reproché ses fards, ses tenues, ses amitiés aristocratiques, qu'elle se prenne pour une de ces princesses égyptiennes exilées, qu'elle ait des habitudes de duchesse de la Cour de Versailles. D'ailleurs, les petites sœurs seraient envoyées en Allemagne pour leurs études, à Dresde, à l'Institut tenu par Madame Emma Mundinger. Là, au moins, on leur enseignerait de solides valeurs, on ne leur inculquerait pas toutes ces sottises, il ne fallait pas en avoir trois qui soient dévergondées.

Pauvre papa, si obstiné, qui avait tout faux - lui le capitaine d'industrie juif qui se rêvait chrétien comme les milliers de juifs convertis de Budapest -, qui chassait, montait à cheval, il n'avait rien compris au monde qui était en train de s'effondrer autour de lui.

D'ailleurs, il s'était trompé au sujet de cette brave Madame Emma Mundinger à laquelle il avait confié l'éducation de sa petite deuxième : cette Emma était lesbienne et ses baisers et caresses à l'adolescente Klára bien mal intentionnés. Ilona n'avait que deux ans de plus que Klára, mais *en réalité la différence était de plusieurs décennies : elle était beaucoup plus expérimentée, bien mieux informée et aussi mieux informée sur le monde*[8]. Ilona avait pris peur pour sa sœur quand elle lui avait rendu visite à Dresde pendant les vacances de Noël 1928 et elle avait supplié papa de l'en retirer, mais papa ne l'avait pas cru. Voilà, avait hurlé son père, tu es folle, ma fille,

---

[8] Rapporté par sa sœur Klára Rajk, *Den Kampfgeist niet verloren*,

d'imaginer des horreurs pareilles, il faut vraiment avoir l'esprit mal tourné, ma pauvre Ilona !

Pendant dix ans, Ilona s'était rebellée à sa façon contre son père, luttant pour son indépendance à coups de nuits blanches, de rouge à lèvres et de talons hauts. Les petites sœurs s'étaient rangées. Klàra, qui pourtant rêvait d'indépendance et d'exil, s'était mariée à dix-neuf ans avec Imre, qui en avait trente-deux, un brave homme rencontré sur son lieu de travail, ils avaient deux enfants et toute l'apparente panoplie de la bourgeoisie heureuse. Eva, la cadette, aussi s'était mariée une première fois très jeune et bientôt elle partirait vivre à New York.

Puis, les subsides de papa diminuant, il y avait eu la petite pension de famille Marmonts, sur le boulevard Grosso à Nice, dans le Sud de la France. Ilona y avait débarqué en taxi et en grande pompe avec ses valises et ses vêtements d'élégante. La lumière. Et les baisers inattendus d'un grand échalas fougueux de six ans[9] son cadet foudroyé par ses yeux de chat angora. Cette parenthèse incongrue à en mourir. Alors Ilona avait enfermé ses tourments intérieurs dans sa chambre pour que personne ne les voie. Et quand ils l'avaient dévorée jusqu'à ce qu'exsangue et pâle, il faille retrouver la plage de soleil, les baisers de Roman et la table maternelle de Mina, elle les fuyait tous, en s'excusant, et se réfugiait quelques semaines en Suisse.

---

[9] À tort, on lit partout qu'ils avaient quatre ans d'écart, alors qu'ils en avaient près de six : Ilona était née à Budapest le 28 août 1908, Romain Gary à Vilnius le 21 mai 1914.

Mais plus ses démons l'avaient torturée, plus elle était devenue évanescente, et plus Roman l'avait désirée, et plus Ilona avait pris peur. Le monde de la chambre sombre ne pouvait rentrer en collision avec celui du bonheur et des caresses. Elle ne l'aurait pas permis.

Longtemps ses souvenirs s'étaient arrêtés à un jour. Un jour, c'était juste avant la guerre, son père n'avait plus envoyé d'argent. La Hongrie changeait. Les affaires de Jószef aussi. Ses parents la réclamaient. Après son prochain séjour à la Casa Sant'Agnese en Suisse, elle devrait partir. Les rejoindre en Hongrie. Roman l'avait compris, il lui avait demandé de l'épouser. Pour la retenir, sous le soleil de Nice, à lui toujours.

Voilà, c'était tout trouvé, lui avait-elle dit, après son séjour en Suisse, elle rentrerait directement à Budapest seule, ce serait l'occasion de leur parler sérieusement de lui, de demander à ses parents l'autorisation de se marier. Bien sûr qu'elle était majeure et vaccinée, elle avait trente ans passés après tout, elle pouvait décider. Mais dans les bonnes familles, une fille demande la bénédiction de ses parents, et peut-être qu'après ces années d'errance mondaine, elle avait envie d'être une bonne fille. Et puis Roman ne lui en voudrait pas, il était conscient qu'elle devrait plaider en sa faveur : il avait la jeunesse et une gueule, il était juif comme elle, il était brillant, mais il n'était personne.

Juste un va-nu-pieds fauché au lignage incertain dont la mère tenait une pension de famille sur la Côte d'Azur. Personne, non, il n'était personne. Et personne à l'époque ne savait s'il serait quelqu'un. Donc elle l'avait persuadé qu'elle plaiderait sa cause – mais en avait-elle jamais vraiment eu l'intention ? –, leur amour sincère, et puis qu'elle reviendrait. Évidemment. Mais elle n'était jamais revenue.

On frappait à la porte. C'était sœur Marcella. Vous êtes prête, Elena ? Oui, ma sœur. Et elle l'avait suivie pour l'office du samedi soir, en trottinant, dans le long couloir qui sentait la soupe au cerfeuil, la javel et l'encaustique.

Assise les mains jointes sur les genoux, Ilona regardait le Jésus en croix au-dessus du prêtre. Depuis Vatican II, la messe en latin avait disparu et l'office se faisait en flamand. Ilona s'était habituée à cette langue rugueuse qui sonnait comme du bas allemand, elle la comprenait, mais regrettait les jolies sonorités du latin. Le prêtre aussi avait changé ses habitudes depuis la réforme et il regardait désormais les fidèles, comme un maître d'école qui surveille des mioches pendant un contrôle de calcul. Ilona rencontra son regard. Elle le détestait et il lui paraissait n'avoir d'autre but que de l'épier, elle l'étrangère. Elle soupira profondément et décida de se concentrer sur le Jésus qui surplombait le chœur.

À bien le regarder, ce pauvre Jésus supplicié ressemblait à Roman. Ces traits, ce côté doux et tourmenté. Voilà, elle raconterait tout à Jésus-Roman. Tout ce qu'elle savait. Tout ce qu'on lui avait caché.

– Tu sais, je sais que tu m'as toujours aimée, je ne t'en veux pas. Je t'aimais aussi, tu sais… à ma façon. Énormément. Mal.

Ilona sursauta, elle venait de se prendre un coup de coude.

– *Zwijg shh*[10].

– Oh, pardon.

Ilona continua en marmonnant, regardant fixement le visage sur la croix de bois.

« Oui, mon Roman, je sais tout. Mais toi, jamais je ne t'avais oublié, tu sais. Même quand je ne savais plus rien, je savais qu'il y avait eu nous, toi. Je ne me souvenais juste plus de ce qui s'était passé après. Comme si ma vie s'était arrêtée.

Puis un matin, je me suis réveillée. La nuit avait été pleine de démons et de cris. Mais l'aube ne les avait pas emportés. Je me souvenais de tout. Absolument de tout. Après le petit-déjeuner, je me suis habillée seule et je suis partie en direction du bureau des infirmières. Il n'y avait qu'une petite jeune fille que je ne connaissais pas.

– Pouvez-vous m'aider, mademoiselle ?

– Bien sûr, que puis-je pour vous, voulez-vous que j'appelle sœur Marcella ?

– Non, non, ne la dérangez pas. Je ne veux pas être pénible.

– Alors ?

---

[10] Tais-toi, chut !

— Alors, je voudrais en savoir plus sur moi.

Tu penses, Roman, je l'ai lu dans ses yeux, elle a cru que j'étais folle. Mais je ne l'étais plus. C'était le jour le plus lucide des soixante dernières années. Je lui ai dit que je fêterais bientôt mes quatre-vingt-dix ans et que, tout simplement, je voulais mettre de l'ordre dans ma vie avant de la quitter. Que pour cela, il faudrait que je sache ce qu'il y avait dans mon dossier, s'il me restait de la famille, que je puisse prendre des dispositions de dernières volontés en leur faveur. Elle a pris peur d'abord : elle ne voulait pas trahir le secret professionnel, elle n'était que stagiaire en travaux de bureau, elle ne savait pas ce qu'elle pourrait me dire.

— Vous êtes stagiaire, c'est magnifique, lui ai-je dit. Eh bien ne me communiquez que ce que vous pensez en votre âme et conscience être communicable. À propos, il doit être classé sous mon vrai nom : Ilona Gesmay.

Elle m'a souri, rassurée par la confiance que je mettais en elle.

Je n'ai pas eu de ses nouvelles pendant une semaine, jusqu'au jeudi suivant, c'était en fin d'après-midi. J'étais assise face à la fenêtre, je regardais le soleil d'hiver se coucher, elle est arrivée, s'est assise très sérieusement à côté de mon fauteuil.

— Oui ma chérie. Vous savez quelque chose ?
— Vous êtes interdite.
— Stupéfaite, vous voulez dire ?
— Non. Interdite.
— Qu'est-ce que ça veut dire ?

— Que vous ne pouvez rien faire. C'est un statut ancien. Pour protéger les gens, les incapables, on les interdisait[11].

— De vivre ?

— Non, dit-elle, en souriant malgré elle. Non, d'agir. Vous n'avez plus aucun pouvoir, vous êtes comme un petit enfant. Vous avez un tuteur et un subrogé-tuteur[12].

— Mais j'ai une famille.

— Oui, mais votre papa Józef est décédé en 1953 et quand votre maman Gizella est elle-même partie en 1961, vos sœurs Klára et Eva ont tout de suite demandé au Juge de vous mettre sous régime d'interdiction. C'était en 1962. Vous n'aviez plus de parents et vos sœurs vivaient à l'étranger, Klára en Israël, Eva à New York. Vos soins coûtaient cher. Il fallait vous protéger.

— De quoi ?

— De vous.

— Sans doute… mais maintenant je me souviens de ce qui m'est arrivé. Maintenant, je pourrais parler. Expliquer. Reprendre ma vie.

— Non. Il n'y a pas de recours. C'est définitif. Vous n'existez pour ainsi dire plus, administrativement. Vous êtes un enfant.

— Alors expliquez-moi comme à un enfant.

— D'accord. Je vous donne un exemple. Vous n'avez jamais voté, n'est-ce pas ?

— Non, mais je ne suis pas belge.

---

[11] L'article 489 du Code civil des Français du 14 Ventôse de l'An XI, resté en vigueur en Belgique jusqu'à l'adoption de la loi belge du 17 mars 2013, disposait : « *Le majeur qui est dans un état habituel d'imbécillité ou de démence, doit être interdit même lorsque cet état présente des intervalles lucides.* »

12 Texte intégral du Code civil reproduit ici : https://oll-resources.s3.us-east-2.amazonaws.com/oll3/store/titles/2352/CivilCode_1565_Bk.pdf

— Là n'est pas la question. Vous ne pouvez pas voter parce que vous n'avez aucun droit, d'ailleurs vous n'avez pas de carte d'identité.

— Non, mais je n'en ai pas besoin, je ne sors jamais.

— Vous ne sortirez jamais.

— Vous voulez dire que mes sœurs m'ont fait enfermer ici ... pour toujours[13].

— Oui. Pour votre bien.

— Pour mon bien, c'est ça... Elles vivent encore, Klára et Eva ?

— Je ne sais pas. Mais votre nièce vient vous voir, n'est-ce pas ?

— Ah oui, c'est vrai... Mais, à part elle, plus personne ne se soucie de mon existence.

— Si, si, moi. Et puis il y a quelqu'un qui vous a écrit.

— Roman ?

— Non, Gary, oui, je crois quelque chose comme ça. Il y a trois ou quatre enveloppes fermées dans votre dossier, mais je ne pense pas que je puisse vous les donner[14].

— Ce n'est pas grave. Il m'a écrit, c'est tout ce qui compte. Je n'ai pas besoin de les lire. Je suis heureuse. Vous ne savez pas le bien que vous me faites. Il m'a écrit !

---

[13] Ilona GESMAY, née à Budapest le 28 août 1908, domiciliée à Bruxelles, rue Blanche 8, mais résidant actuellement à l'institut psychiatrique « Maison de Béthanie - Sœurs Norbertines » à Saint-Antonius-Brecht, décision de mise sous interdiction judiciaire le 19 octobre 1962 (Bruxelles) Moniteur Belge (Journal Officiel belge) du 24 octobre 1962 - source Revue Pratique du Notariat belge nr 2081 des 10-20-30 mars 1963, p 106 (Bibliothèque KULeuven).

[14] Les lettres de Romain Gary ont été sont interceptées par les médecins sous prétexte de ne pas provoquer de choc à leur patiente.

Oh, mon cher petit et magnifique Roman, tu aurais dû nous voir, riant toutes les deux, moi du bonheur de tes lettres que je ne lirai jamais, elle de me voir glousser comme la gamine que j'étais condamnée à être jusqu'à la mort.

— Dites, vous pourriez vérifier s'il est encore vivant, mon Roman.

— Je peux, mais je ne vous garantis rien. Vous vous souvenez de son nom ?

— Oui, il s'appelait Roman. Roman Kacew.

Quelques jours plus tard, la petite mignonne était venue dans la salle télé. On nous met là, tu sais, l'après-midi avec les vieux devant un programme qui ne nous intéresse pas. Ça leur évite de devoir s'occuper de nous. Elle avait tiré sa chaise contre la mienne et elle m'avait parlé sur un ton de confessionnal, sans me faire face, faisant mine de regarder ce qui se passait sur l'écran. Un faon dans une savane africaine prenait un guépard pour sa mère. Ils semblaient interagir en bonne harmonie.

— Vous êtes une célébrité.

— Comment ?

— Oui, il y a des articles qui parlent de vous.

— De moi ?

— Et de votre histoire d'amour avec Romain.

— Comment ?

J'étais bouche bée de ce qu'elle me racontait. Comment tu m'avais cherchée partout pendant la guerre. Que tu avais gardé en permanence sur toi, jusqu'à ce qu'on te la vole, une photo de moi. Que tu m'avais cru morte. Que tu parlais de moi dans tes livres.

Que tu ne m'avais jamais oubliée. Sur l'écran, le faon venait d'être dévoré, mais les larmes qui perlaient n'étaient pas pour lui : je venais de comprendre qu'à tes yeux, j'avais été bien plus que les trois lignes dans le livre que ma sœur m'avait ramené[15].

Je me souviens t'avoir écrit à l'époque. Il paraît que je t'ai envoyé trois ou quatre fois la même lettre. C'est possible, je ne sais plus. Tu n'as jamais répondu. Enfin, je le croyais. Pardon, mon Roman d'avoir douté. Tes lettres dormaient depuis plusieurs décennies à quelques mètres de moi. Il semble que tu sois venu me voir, ou que tu aies essayé du moins. Que je ne t'aurais pas reconnu et que tu serais parti effondré[16]. C'est possible. Pardon, je ne sais plus. Que, peut-être, ce n'est pas vrai, que tu n'es pas venu jusqu'au couvent des sœurs norbertines parce qu'à Bruxelles, tu aurais rebroussé chemin. Qu'on t'a découragé, sans doute. Papa, maman, mes sœurs ? Je ne sais pas. Je ne sais même plus quand mes parents sont morts. Que la lettre de ma sœur ou la visite de ma nièce Catherine – elles pensaient bien faire, les pauvres – ont été autant de rechutes de ton chagrin[17]. Que tu as préféré être

---

[15] François-Henri Désérable dans *Aimer comme on aime une fois dans sa vie. Romain Gary et Ilona Gesmay,* Hors-série Littérature, Gallimard, 2023 (ISBN : 9782073016539). Désérable imagine qu'Eva qui vivait aux États-Unis aurait fait la file lors d'une séance de dédicaces organisée à NYC. Björn Lindroth écrit qu'en 1963, l'une des sœurs d'Ilona a vu le livre dans une vitrine et l'a acheté, l'a lu et reconnu l'histoire de sa sœur. Cette date est contredite par les faits car la découverte du livre est censée expliquer la raison de l'envoi des lettres d'Ilona à Romain Gary. Or, elle les envoie en 1960 (*J'avais 45 non 46 ans* dit Gary) et est mise sous statut d'interdiction en 1962, après la mort de leur mère à Bruxelles en 1961, à la demande de ses sœurs. Mon postulat est que la volonté de l'époque est que personne ne se mêle de la situation d'Ilona ou peut-être n'essaie de l'en sortir.

[16] Myriam Anisimov. *Obscur, pauvre et révolté : Roman Kacew avant Gary,* 23 mars 2022 in https://www.tribunejuive.info/2022/03/23/myriam-anisimov-obscur-pauvre-et-revolte-roman-kacew-avant-gary/

[17] Romain Gary évoque dans *La nuit sera calme,* cette lettre de la sœur d'Ilona et ainsi que la visite de la nièce, Catherine Rethy, comédienne à Paris, et combien ces démarches bien intentionnées lui ont fait du mal.

raisonnable, m'épargner la confrontation, celle de ta force, celle de ma longue agonie programmée, garder le souvenir de mon intelligence, de ma beauté intacte. Que j'avais été *victime d'une entreprise criminelle : la schizophrénie.*

Je t'ai menti dans les lettres, tu l'as compris, je n'étais pas devenue bonne sœur, juste indifférenciable d'elles à force d'être séquestrée, pour mon bien. La fantasque et fragile Ilona était en voie de normalisation. Il fallait te tenir à distance, sans te rendre jaloux. Mariée à Dieu, comment aurais-tu pu m'en vouloir ? T'épargner mon état. Te libérer de moi. Pour que, pour moi, malgré moi, tu vives.

— Dites, mon petit, il est vivant, mon Roman ?
— Non, Ilona, il est mort en 1980.
— Mon Roman. Que le souvenir de ton nom soit une bénédiction. »

Ilona n'avait jamais revu la petite stagiaire. Elle avait disparu. On l'avait prise à fouiller dans les dossiers des patients, paraît-il. Les lettres non-décachetées de Romain Gary avaient dû disparaître elles aussi. Détruites ou volées. Alors Ilona avait regardé au-dessus de sa garde-robe pour vérifier si l'exemplaire de *La Promesse de l'Aube* y était encore. Et lui aussi s'était volatilisé.

Voilà tout était clair maintenant, c'était un complot. On l'avait privée de sa vie et elle, douce et charmante, avait préféré croire que c'était pour son bien. Oui, tout était clair, papa et maman étaient morts, elle aurait pu reprendre sa vie, quitter l'institution, se faire soigner ailleurs ! En Suisse ! Ou choisir de rester, de rester volontairement à Brecht, de rentrer dans les ordres. Pourquoi pas, après tout ? Elle aurait été une sœur norbertine aussi capable qu'une autre ! Elle aurait été libre de ses vœux, de les prononcer, de les rompre. Elle aurait eu son libre-arbitre.

Mais non ! Ça n'arrangeait personne, on n'avait jamais voulu qu'elle vive sa vie de femme libre. Interdite. Ses sœurs l'avaient fait interdire.

L'interdiction, le plus terrible et radical régime d'incapacité juridique qui soit, un effacement permanent contre lequel il n'existait aucun recours. Interdite, effacée, inexistante. Sauf dans quelques articles de presse où on disait que la pauvre Ilona avait perdu la tête après la guerre, que ça couvait depuis longtemps, sa schizophrénie, qu'elle était internée. Pour son bien. Pour son bien ! Peut-être qu'elle n'était même pas schizophrène, Ilona, juste traumatisée. Que tout cela n'était que manigance ! La revanche de petites sœurs jalouses de sa liberté qui avaient décidé de l'infantiliser une bonne fois pour toutes.

Ilona avait pleuré longtemps, toute la nuit, de rage, de dépit sur sa vie volée. Et puis elle s'en voulait, elle était aussi partiellement coupable : si elle était restée à Nice avec Roman, rien ne serait arrivé. Il n'y aurait pas eu le Danube. Ils se seraient aimés. Ils ne se seraient pas quittés. Et quand bien même ils se seraient quittés, au moins ils auraient vécu, elle aurait vécu. Une vie cahin-caha, sans argent, dans une pension de famille avec sa belle-mère et un mari probablement mobilisé sur le front. Elle aurait fait les lits, le ménage. Pas le rêve. Mais tout de même, il y aurait eu le soleil. La liberté. Pas le drame de Budapest. Pas la fuite à Bruxelles. Pas l'internement en Flandre. Pas les tortures, le Cardiazol[18], les cures d'insuline[19], les électrochocs. Pas la soupe au cerfeuil. Pas les couloirs qui sentent la Javel. Pas cette solitude infinie au milieu des fous lobotomisés. Cette solitude à hurler, mais qu'il faut taire sous peine d'être placée en isolement et de ne plus voir le soleil. Rien de tout ça ! Non, rien de tout ça.

Il fallait qu'elle en parle. À quelqu'un. Mais il n'y avait personne. Pas aux religieuses, elles cafteraient au docteur, elles diraient que c'est inquiétant, que les crises reviennent, et le docteur lui redonnerait les anciens cachets, ceux qui la maintenaient dans le brouillard. Pas aux autres patients, de vieux fous bavant, et débiles, dont elle se tenait éloignée pour qu'ils ne l'agressent pas. Et la gentille stagiaire n'était plus là.

Oui ! Voilà. À Roman, à Roman-Jésus en croix dans l'Église. C'est à lui qu'elle dirait tout[20].

– Roman, c'est sérieux. Écoute-moi. À Budapest en 1940, nous étions des grenouilles qu'on porte

---

[18] Cardiazol éphédrine ou Pentylenetetrazol, dérivé du camphre utilisé à doses convulsivantes pour la schizophrénie, sur la base erronée de son antagonisme biologique avec les épilepsies.

[19] La thérapie par l'insuline (DICT – *Deep insulin coma therapy*) fut considérée comme le seul traitement spécifique de la schizophrénie des années 1930 à la fin des années 1950. Appelée cure de Sakel, elle plonge le patient dans un coma artificiel par injection massive d'insuline. Il est ensuite sorti du coma par injection de sérum glucosé. (https://www.cairn.info/revue-vie-sociale-et-traitements-2004-1-page-85.htm). Il est certain qu'Ilona Gesmay fut soumise à ce type de torture, la Maison de Béthanie des Norbertines ayant été ouverte notamment dans ce but. Lire à cet égard MAJERUS, Benoît, *Parmi les fous – Une histoire sociale de la psychiatrie au XXe siècle*, Presses universitaires de Rennes, Collection « Histoire », 2013.

[20] Erhard Roy Wiehn (Herausgeber), Klara Rajk (Autor), Marie-Elisabeth Rehn (Vorwort) *Kampfgeist nie verloren: Jüdische Schicksale in Ungarn* 1910-1999- Hartung-Gorre - ISBN 978-3896495457. Récit des événements faits par sa sœur Klára, publié en 2000, soit un an après la mort d'Ilona Gesmay.

lentement à ébullition. Moi, idiote, je pensais que j'avais des amis, que ces cercles mondains étaient les miens, que la vie continuerait comme avant. Que j'appartenais. À l'époque, ma sœur Klára était la seule à voir clair, et elle passait pour une folle. Nous n'avons pas cru les réfugiés juifs qui affluaient, même pas les évadés de Treblinka. Klára suppliait notre père de les aider. Il maugréait souvent, mais finissait toujours pas s'exécuter. Jusqu'au jour où, alors qu'elle lui demandait un peu d'argent pour aider ses chers réfugiés, il lui a hurlé dessus : « *Vous êtes une boule de nerfs à cause de tous ces mensonges que les réfugiés vous ont racontés.* »[21]

Oui Klára était folle. Et d'ailleurs, elle devrait se faire examiner et soigner ! Tu vois, je ne suis pas la seule folle de la famille !

Alors nous avons traversé la guerre comme ça, bon gré, mal gré. Pourtant, au moment où l'Allemagne reculait partout en Europe, la Wehrmacht est entrée en Hongrie au grand bonheur des Croix fléchées. C'était le dimanche 19 mars 1944. Très vite, les Juifs n'ont pu plus habiter que dans des immeubles désignés. Nous nous sommes retrouvés consignés à vingt-cinq dans l'appartement. Imre, le mari de ma sœur, a été envoyé en camp de travail, Klára l'a sauvé deux fois, une fois d'un procès infâme, une fois de la déportation grâce à Wallenberg. Ses enfants, elle les a cachés dans des institutions chrétiennes.

---

[21] Interview de sa sœur Klára ou Clara RAJK née Gesmay à Budapest (Hongrie) le 14 mars 1910, épouse de Imre REJK /REIK, par USC Shoah Foundation, Holocaust – Jewish Survivor Interviews Haifa/ Israel – interview 6.4.1997 – interview code 29680 MB 1962 - Zichron Jakov Beth Daniel (Israël).

Puis le confinement dans les immeubles, ça ne leur a pas suffi aux sbires des Croix fléchées, alors ils ont parqué les Juifs dans un ghetto. Enfin, ils ont fini par les jeter, encordés par petits groupes dans le Danube. Il suffisait d'exécuter le premier d'une seule balle et toute la cordée était entraînée dans l'eau[22]. C'est là qu'ils sont, Imre, sa sœur, sa famille, mes amis, tous dans le Danube. Dans la rue, les cadavres de Juifs s'accumulaient, gelés, on marchait dessus. On s'asseyait dessus.

Les parents et moi, nous étions cachés dans le sous-sol de notre immeuble et papa, grâce à ses contacts à l'Ambassade de Suède, avait réussi à ce que nous ne mourrions pas de faim. Moi, j'avais conservé mes très bons amis dans les cercles aristocratiques et je circulais grâce aux faux papiers d'identité d'une comtesse.

Par deux fois, ces papiers m'ont sauvée. Pas la troisième. Les nazis m'ont attrapée. C'était le long du Danube. Je ne te dirai pas ce qui m'est arrivé. Ça m'appartient. Comme dit ma sœur, c'est une autre histoire. Elle est plus forte que moi, finalement. Mais ce qu'ils m'ont fait est pire que ce que tu imagines, alors n'imagine rien. Celle que la Croix-Rouge a rendue à sa famille en 1945, plus personne ne l'appellerait Ilona, ou Ili comme le faisait affectueusement Klára, car elle n'était plus personne. Juste une morte-vivante. Voilà, c'est là où tout a basculé. Définitivement.

---

[22] Un mémorial, appelé *Les chaussures du Danube*, constitué de soixante paires de chaussures de métal rouillé posées sur la rive du Danube à Budapest, Id. Antall József rkp, par les sculpteurs Gyula Pauel et Can Togay, commémore ce massacre. À voir sur https://www.youtube.com/watch?v=AjFyYG-hXMo

À Nice, t'aurais-je épousé ? Non, bien sûr. J'étais plus âgée que toi et, malgré nos sentiments, cette liberté dont je rêvais à l'époque, je savais que tu n'aurais jamais pu me l'offrir. Aurais-je dû t'épouser ? Oui, bien sûr. Avec le recul, ce qui pouvait sembler un mariage de raison peu raisonnable aurait changé notre destin. Le mien. Le tien. Serais-tu devenu Romain Gary et tous les autres avatars de toi-même ? Peut-être, qui sait ? L'absence terriblement envahissante de l'autre est impossible à combler. Peut-être fallait-il que je m'échappe pour que tu t'envoles. Mais je suis là maintenant. Je suis revenue. Et je ne te quitterai plus. Jamais. »

Sœur Marcella était satisfaite : Ilona ne ratait plus aucun office. Pendant toute la messe, elle regardait, extatique, le Jésus en croix. Son visage semblait tellement illuminé que sœur Marcella se surprenait à regretter que cette vieille dame soit sous un statut d'incapacité, on aurait pu en faire une religieuse très convenable finalement. D'autant que les vocations se faisaient rares et que les quatorze dernières sœurs norbertines approchaient de la retraite. Ilona semblait prier à voix basse dans une langue que sœur Marcella ne comprenait pas, quelque chose qui n'était ni du flamand ni du français, mais après tout cette vieille femme n'était-elle pas hongroise ?

Souvent, il fallait à la fin de l'office tirer Ilona hors de la chapelle. Elle suppliait, comme une enfant qu'on envoie dormir, laissez-moi encore un peu avec lui, je vous en prie. Quand elle ne sut plus marcher, elle demanda d'y aller en fauteuil roulant et quand elle fut trop faible, désespérée de ne pouvoir s'y rendre, on organisa à son chevet, pour lui faire plaisir, des visites du prêtre qu'elle détestait et on lui donna un crucifix en bois qu'elle garda en permanence contre son cœur.

Ilona Gesmay mourut en Belgique en 1997 ou 1999. Personne ne récita le Kaddish. Elle n'eut pas de pierre tombale. On dispersa ses cendres qui volèrent au vent. Elle était enfin libre.

© Anna Alexis Michel[23]

---

[23] Les personnages secondaires et dialogues de cette nouvelle sont purement fictionnels, le but étant de rendre la parole à Ilona que la maladie, la persécution des Juifs à Budapest, le régime d'interdiction, les errements thérapeutiques et l'institution religieuse ont broyé, mais qui, semble-t-il, retrouva la raison à la fin de sa vie. Je partage avec Romain Gary la certitude, selon ses mots dans *La nuit sera calme*, qu'Ilona fut *victime d'une entreprise criminelle*. Mais j'élargis le champ des coupables.

Anna Alexis Michel est une artiste aux multiples facettes, avec plus de dix ans d'expérience en tant qu'auteur, dramaturge et artiste visuelle. Elle est titulaire d'une maîtrise Arts, Lettres, Langues de l'Université des Antilles, d'une maîtrise en droit de l'UCL et de diplômes du Sotheby's Institute of Art et de la Raindance Film School. Elle est passionnée par la promotion de la littérature et de la culture françaises dans les Amériques et au-delà. Elle est directrice éditoriale de cette collection. Elle est également l'auteur de romans, de pièces de théâtre et d'un guide d'écriture disponible en français et en anglais. Anna est une artiste créative et polyvalente qui s'efforce d'inspirer et d'éduquer à travers des projets originaux et transversaux.

Promesse d'une aube

Marie-Amélie Rigal
(France)

À la fenêtre ouverte, respiration
Coupée, un souffle ténu, infime, brisé,
L'air enfin et au dehors, constellation
D'étoiles, dans un ciel lourd, algébrisé.

La nuit, toute bleue, épaisse, assourdit tous les bruits
Et recouvre à l'instant de son heaume magique,
Les chaumières éclairées, à Cherchebruit.
Sans doute un vœu de quelque fée, iatro-magique,

Et le village aussitôt aux bras de Morphée
Ne peut plus s'arracher et pour tout un chacun,
Yeux clos, vient l'heure des songes, allomorphés.

Nous voici, des plaines polonaises, aux plages, garis
Emportés si loin de nos lits, sur les ailes d'aucun
Avion migrateur, aux commandes Romain Gary.

© Marie-Amélie Rigal[24]

---

[24] Auteure française, rédactrice de chroniques littéraires.

Les avatars d'un génie
Hommage à Romain Gary

La nuit devant soi

Sandrine Mehrez Kukurudz
(États-Unis)

© Anna Alexis Michel – La nuit devant soi

– Bonjour, je suis Nora Almaoui.

Et je suis une énigme. Je m'approche d'un homme abîmé par la vie, mais que ses cicatrices parent d'un charme particulier.

Je ne suis pas là pour trouver le partenaire de mon existence compliquée, mais pour emmener Nora jusqu'au bout de sa nuit. Chaque nuit.

Je sais combien mon sourire a le pouvoir d'envoûter celui que je croise, l'œil noirci et mystérieux, les lèvres rougies et prometteuses, le corps alangui par les verres offerts. Je suis Nora et je suis une proie volontaire dès qu'au ciel les étoiles s'entrechoquent comme les glaçons dans mon verre.

Nora, c'est moi. La nuit. Quand j'ôte le lugubre costume de mes jours pour me perdre dans les fantasmes bipolaires de mes nuits parisiennes.

Nora, c'est cette femme dont le nom évoque immanquablement l'Orient d'un autre âge, fantasmé et révolu, les courbes d'une danseuse aux sept voiles, la chevelure bouclée vaporisée d'essence de fleurs d'oranger, le parfum de miel dans les plis de la nuque.

À ceux qui la croisent, Nora ne raconte rien. La nuit est à elle et à ceux qu'elle charme. D'aucuns ont tenté de fendre le mur de ses mystères. En vain. Nora est un oiseau de nuit, qui s'évapore à l'aube pour mieux se fondre dans le quotidien miteux du jour.

— Sylvie ? Vous avez vu qu'on nous a livré trop de saumon ? Mettez-le en barquettes à un prix promo. Je vous jure, on se demande ce qui leur passe par la tête à la direction.

Sylvie ? Sylvie Lebas, c'est moi. Enfin du lundi au vendredi, aux heures ouvrables. Et quand le magasin me réquisitionne quelques heures le samedi matin.

Sylvie Lebas, c'est moi depuis trente-deux ans, depuis que les limbes de ma mère ont vomi le fruit de neuf mois de calvaire. Je suis l'enfant non désirée, résultat d'un manque de contraception, d'une soirée trop arrosée et de grands-parents pour qui rien ne justifiait « de me faire passer ».

Je libérais une mère pour embarrasser un père qui ne l'avait jamais choyée, et qui lui avait interdit d'avorter. Et ce en dépit de ses menaces d'abandonner la petite sardine qui barbotait dans son ventre. Vous la vouliez ? Prenez-la.

Je me suis élevée seule. Certains jours, entourée d'amis imaginaires, je ne conversais en réalité qu'avec moi-même. Je ne me suis pas battue pour exister, prendre ma revanche sur la vie, prouver à cette famille que je pouvais devenir quelqu'un, même si personne ne m'a jamais attendue. J'ai voulu partir à dix-huit ans la tête haute, mais sans projet. J'ai voulu partir chaque année qui a suivi pour me donner une chance de me construire enfin. Mais j'ai trop vite compris que ma vie se résumerait aux murs épais de la maison de mes grands-parents et à un petit boulot anesthésiant qui ne nécessiterait ni études ni réflexion. Aucune ambition, aucun défi à relever.

À vingt ans, je me suis livrée à un exercice légitime au regard des deux décennies vécues. Celui de répondre à ces questions : en finir ? Et de quelle façon ? En me jetant d'une fenêtre tête la première, en avalant un tube de barbituriques piqué dans la table de nuit du dernier amant de passage, en m'affamant…

Ce ne serait que plus tard que je réaliserais qu'il suffirait que je m'invente une vie pour en finir avec la mienne.

Ce questionnement-là mijota des mois dans mon cerveau. L'envie d'en finir subsistait, sans que la méthode à employer pour y parvenir ne progresse.

Et puis je suis tombée sur l'affaire Ajar. Par hasard. En faisant défiler le fil de mon Instagram un jour d'inactivité parmi tant d'autres. *HubertlaTaupe* avait posté une ancienne émission, sortie des archives de l'INA. Subjuguée par l'élégance du visage sur l'écran, j'ai abandonné l'idée d'engloutir les centaines d'images suivantes promises par le réseau social. Je n'avais pas la moindre idée de qui était cet Ajar. Et encore moins ce Gary dont il était l'avatar. Il aurait fallu pour cela que j'ouvre de temps en temps un livre. Enfin un vrai livre. Parce que chez les grands-parents, la petite bibliothèque en mélaminé croulait surtout sous les vieux romans de gare écornés et les magazines poussiéreux, témoins muets des débuts de la Cinquième République.

Je n'avais ni passions, ni loisirs. C'était l'occasion de tuer le temps autrement qu'en faisant l'inventaire des façons de me supprimer. J'ai donc passé des semaines à tout lire. Tout voir. Et à faire naître Nora, loin du balcon du vingt-deuxième étage de cet appartement déprimant, dans lequel, abandonnée, je survivais toujours.

Très vite, il m'aura fallu en parler à Romain Gary. Je passerais mes nuits à donner vie à Nora, avec l'aide de cet auteur dont le charmant fantôme me semblait disponible. J'aurais bien mis les lèvres de Nora sur les siennes. Pour voir ce que provoque le baiser d'un homme intelligent, moi qui n'avais fréquenté que des fracassés à mon image.

Je crois que c'est mon appétence pour l'inconnu qui m'a aidé à définir l'existence de Nora. Romain m'a grandement aidé. Chaque nuit. Émile prenait le relais quand il s'agissait d'affiner le personnage et, enfin, de décider qu'il était temps de vampiriser un autre corps, une autre âme, une autre vie. Enterrer Sylvie le temps d'une nuit. Puis d'une seconde. De centaines d'autres enfin.

— Mais je vous connais vous, non ? Vous n'avez pas participé à un jeu à la télé ? Ce sont vos yeux que je reconnais. Des yeux comme ça… on ne les oublie pas.

Moi, j'avais oublié ce client, campé sur ses deux jambes face à moi au rayon poissonnerie, son caddie chargé de victuailles pour une famille entière posé devant lui. Quelque part, dans ces moments où la nuit succède au jour, il avait dû se prendre dans les filets de Nora, l'une de ces nuits où les étoiles s'entrechoquent. Loin de son caddie, de sa famille et des courses pour la semaine.

— Alors ? J'ai raison ou pas ? On se connaît, ou vous êtes une influenceuse incognito ? Il se trouvait drôle et je le trouvais vulgaire. Je me suis approchée de lui si près que, malgré les odeurs de poisson, je pouvais respirer son eau de toilette citronnée mêlée de déodorant mentholé.

Je me suis approchée encore, prête à le harponner et ma bouche nue a susurré à son oreille :

– Bonjour, je suis Nora Almaoui.

© Sandrine Mehrez Kukurudz[25]

---

[25] Auteure franco-américaine et fondatrice de Rencontre des Auteurs Francophones.

La vie de vent. Sois !
Mona Azzam
(France)

© Sandrine Mehrez Kukurudz

Je pense que pour vivre, il faut s'y prendre très jeune, parce qu'après on perd toute sa valeur et personne ne vous fera de cadeau. [26]

---

[26] Romain Gary

Je me souviens. *Quand elle marchait, c'était un déménagement.*

Rue Blondel. Paris. Au détour d'une rue, une rencontre. Inimaginable. Improbable. Surréaliste. Devant une porte cochère, il était là. Une cigarette à la bouche. Un regard renfermant une colère telle que je m'immobilisai sous le choc. Acéré, ce regard me transperce. Que dis-je ? Il me lacère.

Aucun doute. C'est lui. Momo. Avec des années en plus. Le Momo de Madame Rosa. Sidérée, je m'avance vers lui. Situation des plus absurdes. Un être de fiction en chair et en os devant moi ! Plus tard, me poserais-je peut-être des questions... Plus tard, peut-être, essayerais-je de me convaincre que ce n'était qu'une hallucination. Que cette rencontre n'avait pas eu lieu. Que ce n'était que pure chimère. Plus tard...

Pour l'heure, il se tient devant moi. Me fait face. Son regard me hèle, m'embarque. Il écrase son mégot sur le trottoir d'un pied rageur. Je passe la porte à sa suite, le suis dans les escaliers. Je retiens mon souffle. Mon cœur bat la chamade. Il pousse la porte, me fait passer devant.

La pension de Madame Rosa. Je re–connais les lieux. Momo m'indique un fauteuil en velours élimé. Je m'y installe tant bien que mal, en dépit du grincement des ressorts. Et des remords. Des remords que je ne m'explique pas. Et pourtant...

Soudain, il prend la parole. D'une voix rauque, comme s'il parlait à lui-même, comme si ce monologue n'était destiné à personne, comme si je n'étais pas présente dans ce salon hors du temps, il dit :

— Madame Rosa s'en est allée. Elle n'est plus là. Sinon, on l'aurait entendue, croyez-moi. *Quand elle marchait, c'était un déménagement.*

Je l'écoute sans oser l'interrompre. Consciente tout de même de la profonde détresse qui est la sienne, je l'écoute, osant plonger mon regard dans le sien. *C'est toujours dans les yeux que les gens sont les plus tristes.*

Il poursuit son monologue :

— Madame Rosa m'aura fait le plus beau cadeau : une présence maternelle quand ma propre mère m'a abandonné. Maintenant qu'elle est partie me laissant tout seul, parce que la vieillesse et l'âge avancé, je ne suis plus qu'un orphelin. Orphelin et vieux. Vieux à mon tour. Et je n'ai plus la vie devant moi. Il ne me reste plus que du vent.

Réceptacle de cette tristesse qui me remue, je ne peux plus rester silencieuse. Je ne peux plus me contenter d'être un témoin passif de toute cette détresse. Sans réfléchir, je cède à une impulsion. Je réagis :

— *Il ne faut pas pleurer, mon petit, c'est naturel que les vieux meurent. Tu as toute la vie devant toi.*

À peine ai-je prononcé ces mots que Momo se dirige vers la cheminée noircie de suie, et, en un dernier geste, comme s'il prenait tout juste la mesure de ma présence, il se retourne, me jette un dernier regard. Dans ce regard, je lis tout ce que les mots sont impuissants à dire. J'y lis les tourments. J'y lis les frustrations. J'y lis la vieillesse. Je reçois son regard comme un souffle de vent qui tourbillonne autour de moi. Un vent qui dit la vie. Un vent qui murmure les rafales de l'existence. Un vent qui dévoile les multiples masques de l'être, de l'écrivant, de l'écrivain.

Je me lève, avance vers lui qui est sur le point, je le sens, de s'en aller, de disparaître à jamais. Il me tourne le dos comme en une volonté de m'échapper et de s'en aller sans doute rejoindre Madame Rosa.

Je tends les bras, résolue à le retenir encore un peu. Juste encore un peu.

Comme un acte de défi au temps qui passe, à la vieillesse, à la vie qui passe. Comme en une tentative de lire le roman en gestation et qui ne s'écrira sans doute pas. Parce que les vents de la vie ne s'arrêtent jamais de souffler et de répandre à tout venant les haleines aux senteurs désuètes de la vieillesse.

Il se retourne une dernière fois comme s'il avait lu dans mes pensées. Figement. Ce n'est plus le regard de Momo. C'est le regard de Romain Gary ou plutôt d'Émile Ajar. Ou les deux à la fois. C'est le regard de la vie dans toutes les nuances arc-en-ciel des pseudos. C'est le regard empli de mots à naître, encore. Et en corps.

Je me perds dans ce regard qui s'évanouit, m'abandonnant à la solitude, me ramenant à la réalité. Me ramenant à moi. À mes multiples "moi". Tant de "moi"... Soudain, je me sens orpheline. Et vieille. Qu'importe, au fond ?

Le cœur ne vieillit jamais, et le vide, l'absence qui l'ont marqué, demeurent et ne font que grandir.

© Mona Azzam[27]

---

[27] De la Côte d'Ivoire, où elle est née, à Beyrouth, les mots sont pour Mona Azzam une patrie autre, en perpétuelle re-création. Mona est professeur de lettres et passionnée de littérature. Elle a déjà publié plusieurs ouvrages littéraires, dont *Camus, l'espoir du monde* et *Romain Gary ou la promesse du crépuscule* (Ed. D'Avallon).

Les avatars d'un génie
Hommage à Romain Gary

Momo

Magali Breton
(France)

© Muriel Pic photographie

Toi qui n'es pas bien né
Toi l'enfant malmené
Est-ce ta bonne étoile
En soufflant sur ta voile
Qui t'a posé près d'elle
Aux pieds d'un arc-en-ciel
Dans cet appartement
Où sans un jugement
Avec sa grandeur d'âme
Elle a séché tes larmes
Et soulagé tes maux
Momo.

Toi le déraciné
Toi l'amour incarné
Tu as su percevoir
Son profond désespoir
Être sa bonne étoile
Et souffler sur sa voile
La conduire en silence
Où n'est plus la souffrance
Autant d'humanité
Dans un cœur dévasté
Que je n'ai plus de mots,
Momo.

© Magali Breton[28]

---

[28] 1er prix Europoésie Unicef 2022. Grand Prix Académie Littéraire et Artistique École de la Loire 2023. Grand Prix poésie amoureuse - Société des Poètes et Artistes de France 2023.

Blues Jean

Thael Boost

(France)

© Sandrine Mehrez Kukurudz

C'est marrant, Jean comme nom, je me demande si ça se porte avec des pattes d'eph' ?

J'aurais bien demandé à madame Rosa mais, d'une il fait une chaleur étouffante, je vais d'abord aller prendre une douche, rapport à la propreté et madame Rosa, elle dit que c'est crucial de sentir bon, surtout le matin parce que, même si on ne le reste pas toute la journée, ça veut dire qu'on sait vivre et moi, j'essaie vraiment d'apprendre à le faire, vivre, et de deux, pas sûr sûr qu'elle me réponde, madame Rosa, rapport à la mort, à sa mort, qu'elle a presque aussi bien réussi que sa vie.

Ah ça, elle savait vivre madame Rosa, c'est certain et maintenant, je sais qu'elle sait aussi mourir, mais elle m'a dit que ce n'était pas la peine d'apprendre, que j'avais bien le temps, on y arrive en général du premier coup, alors va pour la douche.

Je me sèche bien partout, entre les orteils aussi, la serviette est bleu ciel, les gestes sont importants, c'est par eux que je fais honneur à madame Rosa qui avait si bien voulu de moi, elle m'a si bien donné de l'amour et des serviettes que je l'entends encore quand je ferme les yeux, ce qui est étrange quand on y pense, vu que ce n'est pas par les yeux qu'on écoute.

Je croyais que c'était un nom de vêtement bleu, Jean, pas un prénom pour une femme, mais je ne savais même pas que ça se prononçait Jin, les lettres m'échappent, surtout les voyelles, elles virevoltent pour que je n'attrape pas leur sens, c'est encore plus difficile depuis que je suis seul.

Prenez Romain, par exemple, eh bien, en fait, ça se prononce Romane dans son pays d'origine dont le nom ressemble à un refrain, la Lituanie, et Romane, pour moi, c'était un prénom de femme, et puis j'ai appris qu'il s'appelait aussi Émile et je ne comprends pas bien vu que ça s'écrit pas pareil du tout, et puis je pense à Momo, madame Rosa m'a expliqué que ce n'était pas mon nom d'état-civil, je ne savais même pas que j'étais un état, elle m'a aussi dit que Momo, c'était mon prénom d'amour, j'ai trouvé ça étrange qu'autant d'amour tienne dans un prénom aussi court, mais finalement Jean, c'est encore plus court et je crois bien qu'Émile-Romain il en avait encore plus, de l'amour, pour Jean.

N'empêche, maintenant qu'ils ne sont plus là, il n'y a que moi à me souvenir de tout cet amour, ce n'est même pas lourd à porter alors que j'en ai beaucoup si on compte bien, je ne compte pas très bien, mais vous voyez l'idée.

Romain a écrit que la tendresse a des secondes qui battent plus lentement que les autres, j'ai beau mal compter, je n'en ai pas encore vu passer des moins rapides, à part peut-être quand j'étais à la cave avec Madame Rosa, Romain et Jean, ils devaient être meilleurs que moi en calcul.

Je vous raconte tout ça parce que j'ai vu une photo de Jean à Nice. Nice, c'était la ville du bonheur pour Romain, un peu comme les dents avec la double voie de la promenade des Anglais en plus serrée.

Je n'ai pas vu beaucoup d'Anglais là-bas, alors que je sais bien reconnaître les mots que je ne comprends pas. Je sais même dire si ce sont des mots que je ne comprends pas en anglais ou en une autre langue, ce qui est quand même sacrément bizarre, puisque je ne les parle pas, ça veut dire que je sais faire la différence entre deux trucs que je ne comprends pas, j'aimerais bien savoir le faire avec des choses que je comprends !

À Nice, la photo de Jean avait été prise par Henri Dauman, elle était derrière une barrière qui semblait former un masque sur son visage, madame Rosa me disait que les gens en portaient souvent pour dissimuler leurs sentiments, je crois que moi, je n'ai jamais réussi à en mettre un, en tout cas, à chaque fois que j'ai essayé, madame Rosa m'a dit qu'on lisait en moi comme dans un livre ouvert, n'empêche, je suis le seul survivant, ça ne devait pas être une si bonne idée que ça, d'en porter un, si tout le monde meurt quand même alors que c'est censé nous protéger, pour Romain, encore je comprends, vu que c'est lui qui les écrivait, les livres mais pour Jean et madame Rosa, je pense que c'était vraiment pas la peine de se cacher, en tout cas, moi, je les aurais aimés tout autant sans leur masque.

Madame Rosa, elle dit toujours que le bonheur c'est pas fait pour tout le monde, que moi, j'ai un don pour ça, je suis bien content, c'est quand même rare qu'on me dise que je suis doué pour un truc, mais ça ne me sert pas à grand-chose en ce moment, rapport à la mort qui est venue chercher madame Rosa et que Jean et Romain c'est eux qui sont allés la voir, moi on m'aurait demandé mon avis, j'aurais pu leur dire ce que madame Rosa m'avait conseillé, que c'était vraiment pas la peine d'y aller en avance, la mort, elle sait toujours où nous trouver quand notre heure est venue, la mienne je sais pas quand, c'est déjà pas évident pour les vivants alors pour les personnages de livre comme moi, vous pensez !

Donc, ce qui est vraiment dommage, c'est que j'ai plein de leçons de bonheur à donner, mais pas d'élèves qui viennent me voir ou alors je ne les vois pas, y a quelqu'un ? Si vous m'entendez, venez me retrouver dans *La vie devant soi*, ça me fera plaisir d'avoir un peu de compagnie, on pourra discuter prénoms et bonheur, vous verrez, ce sera rudement chouette.

Il se pourrait même qu'on compte ensemble des pages plus lentes que les autres, je vous attends !

© Thael Boost[29]

---

[29] Thael Boost navigue entre Paris et Nice, elle est directrice dans un cabinet de conseil et consacre son temps libre à l'écriture. Son premier livre, La mère à côté, est un hommage lumineux et bouleversant d'une fille à sa mère, écrit dans l'urgence de lutter contre l'absence, un voyage au pays de la mémoire. Son prochain livre paraîtra aux éditions Anne Carrière au printemps 2024

Les avatars d'un génie
Hommage à Romain Gary

Votre grandeur d'âme

Magali Breton
(France)

© Muriel Pic photographie

Hommage à Madame Rosa…

Un fauteuil à pampilles
De vieilles espadrilles
Ce châle mauve informe
Sur votre corps difforme
Cachent en vérité
Une absolue beauté
Un amour sans limite
Pour celui qui l'habite
Dont cet enfant blessé
Que vous aurez bercé

De votre grandeur d'âme
Madame.

Pourtant votre royaume
Connaît bien des fantômes
Une terrible étoile
Vient retisser sa toile
Autour de votre espoir
Le plongeant dans le noir
Mais l'enfant surhumain
Vous aura pris la main
Jusque dans la lumière
Vers vous va ma prière
Pour votre grandeur d'âme
Madame.

© Magali Breton[30]

---

[30] 1er prix Europoésie Unicef 2022. Grand Prix Académie Littéraire et Artistique École de la Loire 2023. Grand Prix poésie amoureuse - Société des Poètes et Artistes de France 2023.

Kamel-Léon, le fils inconnu

Vanina Joulin-Batejat

(France/États-Unis)

© Anna Alexis Michel - Racines

Je crois que la fonction créatrice est très profondément liée à l'enfance.
Tuer l'enfance dans l'adulte, c'est tuer tout rapport avec la créativité.[31]

---

[31] Romain Gary 1975: https://www.youtube.com/watch?v=TBq-B325H_8 Maquette Sous-titre

Kamel-Léon naquit au Népal alors que ses parents avaient été envoyés en mission par l'association SOS Villages d'Enfants, une organisation mise en place pour promouvoir les droits des enfants, leur accès à l'éducation et leur bon développement. Sarah était très investie dans cette organisation et, pourtant enceinte de trente-quatre semaines, avait tenu à partir pour valider la sélection du site de Sanothimi.

Sarah avait la nationalité népalaise par son père. Cette terre était son pays de cœur, même si elle ne s'y était rendue que trois fois dans toute sa vie, la dernière fois, en 1967, après le décès de sa tante. Ce projet au Népal la ramenait à ses racines. Paul Jenbrouye, son nouveau compagnon, l'accompagnait. Le 19 septembre 1971, quatre jours après leur arrivée, alors qu'elle visitait les différents sites du futur centre, Sarah sentit des contractions, de plus en plus fortes, avec un écoulement…

Paul demanda qu'on les conduise à l'hôpital, à la maternité la plus proche. Ils arrivèrent à l'hôpital *Paropakar Maternity and Women's Hospital,* à Thapathali, Katmandou.

Sarah accoucha en urgence. L'arrivée du bébé n'étant pas prévue, du moins pas si tôt, Paul et Sarah n'avaient pas encore confirmé le prénom.

C'est un magnifique petit garçon, leur dit la sage-femme. Nous devrons le garder en couveuse jusqu'à ce qu'il atteigne le poids de deux kilos et demi. Comment s'appelle-t-il ?

Paul et Sarah avaient convenu que l'enfant aurait un prénom composé à partir de ceux de ses grand-mères ou de ses grands-pères, c'est Sarah qui avait insisté. C'était une tradition dans sa famille. Le grand-père maternel de Paul était français d'origine algérienne. Il aimait particulièrement ce grand-père Kamel qui s'était illustré pendant la Première Guerre Mondiale. Il lui avait transmis cette joie de vivre et de profiter de tout moment de bonheur.

Sarah, de son côté, choisit Léon en l'honneur de son grand-père maternel qu'elle admirait profondément. Il la faisait rire et l'entraînait régulièrement dans son petit laboratoire pour faire des expériences scientifiques. Il lui avait appris l'origine des bactéries, les infections... Il était l'inventeur des premières machines de stérilisation des matériels chirurgicaux. Il avait fait fortune avec cette invention qui demeurait toujours utilisée. Bien que vivant dans son monde, il avait transmis à Sarah cette appétence pour la science et cette capacité à se connecter avec le meilleur de chaque individu.

Si tu es d'accord, ce sera Kamel-Léon, proposa Paul. Tu sais que Kamel veut littéralement dire perfection en arabe, plénitude.

Sarah était enchantée.

Paul, bien qu'il n'en soit pas le géniteur, avait bien l'intention de reconnaître ce petit être qu'il aimait déjà. Il avait connu Sarah lors d'une soirée entre amis communs et avait eu ce qu'on peut appeler le coup de foudre. Elle avait cette beauté unique. Une peau couleur pain d'épice, des yeux en amande, vert émeraude, et une chevelure rousse flamboyante. Elle était intelligente, chaleureuse et vibrante dans toute sa personnalité. Elle l'avait littéralement hypnotisé, fasciné. Il l'avait invitée dès le lendemain, puis le week-end suivant et ils ne s'étaient plus quittés. Cependant, avant d'aller plus loin, Sarah lui avait avoué qu'elle était enceinte, pensant que cela pourrait mettre un terme à cette relation naissante. Cela contribua au contraire à resserrer leurs liens. Paul, victime d'une infertilité génétique, l'azoospermie, craignait qu'il ne puisse jamais avoir d'enfant.

Kamel-Léon débutait ainsi sa vie au Népal, enfermé dans une couveuse. Une caractéristique physique qui deviendrait un vrai complexe et une souffrance, apparut très rapidement. Il ne ressemblait pas à ses parents. Peut-être le menton de sa mère et sa peau brune, mais il avait non seulement des yeux bleu clair, des cheveux blonds châtains, mais en plus une grosse tête. Sa mère était rousse, son père avait une chevelure et des yeux noir geai et définitivement pas une grosse tête ! Pour passer inaperçu, c'était raté. Ses parents lui expliquèrent que ses yeux provenaient d'un gène récessif. Tout était normal, alors que pour lui, rien n'était normal. Il se demandait s'il n'avait pas été adopté. Par ailleurs, l'école détecta qu'il était précoce, voire extrêmement précoce, en mathématiques, mais aussi en français et qu'il avait un comportement peu habituel, pour ne pas dire complétement atypique. À l'école maternelle, il travaillait déjà les divisions et lisait des romans de Flaubert, de Camus et de Romain Gary, son auteur préféré.... Ses parents étaient déconcertés. On leur parlait d'un petit génie, ils avaient l'impression qu'il était limite autiste, enfin non, franchement autiste. Sarah prit rendez-vous avec l'Institut Pasteur. Le spécialiste revint catégorique.

— Votre fils a le syndrome d'Asperger.

— Le syndrome de quoi ? Asperge ?

— Non, Asperger. C'est une forme d'autisme, mais sans déficience intellectuelle, au contraire. Votre fils à un QI de 165. Remarquable. Il a des capacités très au-dessus de son âge.

Sarah vivait avec une double culpabilité qui la hantait à chaque minute de sa vie. Non seulement, elle privait son enfant de la connaissance de son vrai père, mais, en outre, elle était peut-être à l'origine de son originalité. Elle ne se résoudrait jamais à dire qu'il n'était pas normal. Atypique, il était simplement différent. Elle l'aimait de toute son âme. Chaque regard ou parole indélicate adressée à son fils la heurtait au plus profond d'elle-même. Elle décida alors que sa mission serait de faire en sorte que son fils connaisse le « bonheur », la plénitude. Elle lut tout ce qu'elle put trouver sur les origines de l'autisme, du syndrome d'Asperger. Elle était intimement convaincue que ce voyage au Népal était la cause probable de son accouchement prématuré, avec les réactions en chaîne. Certaines analyses semblaient démontrer que l'enfermement, loin de la mère, pouvait entraîner des conséquences dramatiques. Il y avait encore peu d'écrits qui lui semblaient cohérents, mais son intuition lui signifiait que la naissance prématurée pouvait en avoir été le facteur déclencheur.

Pourtant, ce voyage au Népal devait être une coupure avec sa relation avec le vrai père de Kamel-Léon et donner une chance à Paul de prendre sa place au sein de leur famille. Jamais Kamel-Léon ne devrait connaître son vrai père qui, par ailleurs, n'avait pas été prévenu de sa future existence. Sarah ne pouvait se résoudre à l'avertir. C'était un homme connu. Une histoire d'une nuit qui, pour elle, deviendrait l'histoire de sa vie.

Kamel-Léon s'ennuyait profondément à l'école et trouvait les enfants de son âge dépourvus de tout intérêt. Il passait ses journées à lire, à écrire des formules mathématiques et à faire tourner et regarder fixement son stylo comme s'il allait y détecter la vitesse de la lumière. Les enfants, bien évidemment, se moquaient de lui et l'affublaient de multiples quolibets, dont *grosse tête de chameau* car ils commençaient à apprendre l'anglais, bref, le calvaire. Même s'il était convaincu que *si on pouvait mourir de honte, il y a longtemps que l'humanité ne serait plus là*[32].

Un matin, il refusa tout simplement de se lever et d'aller à l'école. C'était terminé. Il était temps de se réveiller. Sarah décida de prendre des tuteurs spécialisés et l'inscrivit au CNED[33] . Elle avait lu que cet organisme, créé en 1939, permettait aux élèves de continuer leur scolarité en se substituant au système

---

[32] Romain Gary, La promesse de l'Aube .
[33] Centre national d'enseignement à distance.

scolaire défaillant. Oui, c'était bien cela, le système était défaillant.

Ses tuteurs et professeurs changeaient au rythme de l'avancement de Kamel-Léon. Alors qu'il avait à peine huit ans, Pierre, son professeur de mathématiques également enseignant à l'École Polytechnique de Paris, lui proposa de participer aux prochaines Olympiades internationales de mathématiques au sein de l'équipe nationale, une épreuve normalement réservée aux élèves à la fin de leurs études secondaires. Ils s'envolèrent pour Londres. Un événement qui allait changer le cours de sa vie. Il rencontra finalement des personnes qui lui ressemblaient. Il était donc normal… *Un jugement critique et lucide que l'on porte sur soi-même est toujours la meilleure preuve d'équilibre psychique.* Quel soulagement, quelle plénitude !!!

Kamel-Léon comprit aussi que s'il pouvait être normal dans cet environnement – sa normalité – il s'engageait à apprendre désormais à être normal dans le monde normal qui, pour lui, était l'anormalité. Enfin, un nouveau monde s'ouvrait à lui. L'équipe de France termina onzième et il remporta une médaille d'argent. Voilà, c'était dit, le nouveau Kamel-Léon était né ! Il devrait tout de même vivre avec ses yeux bleus et son crâne proéminent.

Quand il rentra chez lui, il demanda à Sarah d'aller faire des courses. Sarah ne l'avait jamais vu demander une telle chose et encore moins prononcer un mot pareil.

– Tu vas bien chéri ? Tu es malade ?

— Je veux des vêtements comme tout le monde. Euh… Et il me faut une orthophoniste. Elle va m'apprendre à parler comme tout le monde et ensuite, je vais m'inscrire au club de foot local.

— Je croyais que tu n'aimais pas le sport.

— Non, j'aime bouger, mais pas bouger avec les autres. Mais maintenant, c'est différent. Et puis, il me faut des copains.

Sarah comprenait que quelque chose se passait mais ne parvenait pas à comprendre la ligne de pensée, son cheminement. Elle appela son professeur de mathématiques.

— Que se passe-t-il avec Kamel-Léon ?

— Il voudrait se montrer normal dans un monde anormal pour lui et rester normal dans son monde. C'est simple, non ? Désolé, mais c'est son explication qui me semble sauter aux yeux.

Il avait dit cette phrase tellement rapidement…

Oui, ce devait être clair… Kamel-León était devenu le maître de la transformation, finalement, un vrai caméléon…À cette pensée, Sarah éclata de rire. Ils l'avaient appelé Kamel, car c'était la perfection et y en ajoutant le prénom de son grand-père, ils en avaient fait un parfait caméléon. Son rire tirait à l'hystérie tellement la situation avait été tendue et difficile durant toutes ces années. Elle s'en voulait également de n'avoir pu lui présenter son véritable père…Il lui ressemblait tellement, avec ses yeux bleus et cette compréhension du monde, clairvoyante, humaniste, futuriste et naïve à la fois. Cette façon d'être toujours dans sa tête, tout en s'obligeant à être présent. La transformation, enfin les transformations s'opéraient. Sarah observait son enfant de loin. Elle voulait croire qu'il s'épanouissait... Son défi était de devenir un maître des relations avec autrui. Il lisait tous les livres qu'il pouvait trouver sur le sujet. Il avait découvert les écrits de Bergson et ils résonnaient parfaitement avec ce qu'il pensait. Il aimait particulièrement cette phrase : *Comment le même être peut s'apparaître à lui-même comme une multiplicité indéfinie d'états et cependant être une seule personne identique ?*

Il en avait déduit que son moi profond était seul, ou du moins ne pouvait s'épanouir que dans une communauté extrêmement restreinte. Son moi social était un autre aspect de son moi profond, plus malléable, adaptable, et lui permettait d'avoir des relations et de passer inaperçu, presqu'invisible dans sa singularité, et d'être accepté. Voilà, il était un personnage infini en termes de personnalités, mais unique dans son identité. Du moins, c'était son interprétation. L'orthophoniste lui avait appris à parler avec « du mouvement », des changements d'intonations en fonction des circonstances. Il devait s'entraîner, mais ce n'était pas si difficile après tout.

Le plus ardu restait de regarder les gens droit dans les yeux. Son incapacité était liée au fait que, bien souvent, il était déjà très loin dans ses pensées, dans un monde inatteignable pour le commun des mortels. Il prit néanmoins conscience que regarder son interlocuteur, paraissait obligatoire pour avoir des rapports avec les gens.

Sarah l'observait se regarder devant la glace. Il passait des heures à se regarder droit dans les yeux et à se raconter des histoires avec « cet autre ». Sarah avait l'impression d'assister à un véritable one man show, cachée, car elle ne voulait surtout pas l'interrompre. Elle repartait en riant intérieurement et se ruait dans sa chambre pour y éclater de rire à pleins poumons. Il semblait gérer ses obstacles avec virtuosité. Plus il grandissait, plus elle voyait R... dans son fils. Elle ne pouvait plus prononcer ce nom. Écrasée par le remords.

Sarah était heureuse de voir que les rapports à autrui étaient devenus beaucoup plus fluides. Son fils était maintenant invité à des anniversaires ou des sorties. Il se moulait dans le comportement de l'autre, ajustant son intonation de voix, reprenant ses expressions faciales. Il s'oubliait pour mieux s'imbiber de l'ego de l'autre. C'était devenu un jeu. Si pour la plupart, agir comme le miroir de l'autre est inconscient, Kamel-Léon ne bénéficiait naturellement pas de cette aptitude, mais il aimait avidement le défi que cela représentait et en tirait une vraie satisfaction parce qu'il faisait enfin partie de cette normalité qui n'était pas la sienne. Du moins, c'était ce nouveau Kamel-Léon qu'il voulait montrer au monde et surtout à sa mère.

Kamel-Léon termina l'École Polytechnique. Il venait d'avoir dix-huit ans. Il vivait encore chez ses parents. Sarah le regardait grandir avec fierté, même si elle sentait sa vulnérabilité. Paul était plus mitigé et craignait que Kamel-Léon ne se perde dans ses multiples personnalités.

Il obtint plusieurs propositions d'entretiens d'embauche. Après avoir éliminé la plupart d'entre-elles, il se concentra sur l'offre qui paraissait la plus improbable au regard de son parcours. Une banque d'affaires, lui proposait un emploi d'analyste financier senior.

Kamel-Léon arriva à son rendez-vous, habillé de ce qu'il considérait l'habit du banquier, à savoir, un costume de marque, une cravate, une allure impeccable. Il se sentait comme un pingouin, mais il fallait au moins cela. Les humains étaient décidément des êtres profondément stupides. Ils se disaient supérieurs aux animaux, mais faisaient tout pour leur ressembler, jusque dans leur accoutrement, la sagesse en moins !

Le directeur des ressources humaines vint le chercher dans la salle d'attente avec treize minutes et cinquante-deux secondes de retard, constata-t-il. Il l'agaçait déjà.

Ils entrèrent dans son bureau. Un bureau de directeur de ressources humaines, se dit-il, terne, dépourvu de personnalité. Il avait déjà perdu plus de treize minutes. Il alla donc droit au but et entama la conversation.

– Bonjour, je m'appelle Kamel-Léon Jenbrouye. Je suis Népalais, et j'ai un QI de 165. Je peux, et j'en suis sûr, maîtriser cet emploi mieux que le meilleur employé dans les deux mois de mon embauche tout en améliorant votre système informatique d'analyse des données financières. Vous pourrez devenir un des leaders en la matière.

Le directeur des ressources humaines le regardait, quelque peu interloqué. Qui était cet énergumène ? Il l'avait convoqué en lisant son CV par curiosité et également parce que, parfois, les profils les plus éloignés donnaient les meilleures recrues, des pépites pour l'entreprise. Il n'était pas déçu et celui-là dépassait tout ce qu'il aurait pu s'imaginer. Lui, qui d'habitude maîtrisait parfaitement les entretiens et les candidats, était quelque peu désorienté.

Kamel-Léon ne le quittait pas des yeux et, ... droit dans les yeux. Il s'était suffisamment entraîné et maintenant, il maîtrisait !

Le directeur examina le CV pour se donner une contenance. Il en parcourut rapidement les informations. Kamel-Léon Jenbrouye. Pour être embrouillé, c'était gagné ! Pour la première fois de sa vie, il se sentait dans la confusion la plus totale.

— Vous avez dit être né quoi ?
— Népalais
— Né pas quoi ?

Non, il ne pouvait tout de même pas confirmer ses caractéristiques physiques en plus ! Pensa-t-il. Kamel-Léon commençait à se demander si l'homme le faisait exprès, s'il était complétement idiot, ou les deux à la fois. Son manque d'acuité présageait mal de l'intelligence du personnel qu'il avait recruté !! Finalement, Kamel-Léon se dit qu'il valait mieux montrer de la compassion. Il n'avait pas l'air méchant... L'univers de Kamel-Léon se résumait bien souvent à ces quelques binômes : stupide/intelligent –méchant/gentil.

– Je suis français, comme c'est écrit sur mon CV, mais népalais de cœur car je suis né au Népal et ma mère est népalaise.

– Oui, bien sûr.... Pourquoi ce poste vous intéresse-t-il ? Il y a l'aspect chiffres et analyse, mais tout de même…Il faudra diriger plusieurs personnes.

– Pourquoi m'avez-vous fait venir alors ? Ce poste m'intéresse parce que je sais que je vais inventer quelque chose qui va révolutionner le monde, ou devenir écrivain ou ambassadeur, je ne suis pas encore certain. Je risque d'accumuler beaucoup d'argent. En travaillant ici, j'espère pouvoir acquérir les meilleures méthodes d'optimisation financières et fiscales. Donc je suis là pour apprendre.

– C'est très bien, mais nous embauchons dans la durée. Et il ne faut pas oublier l'aspect gestion de collaborateurs.

– Ah, le CDI, ce fameux contrat à durée indéterminée, le Graal. Vous rendez-vous compte que ce contrat à durée indéterminée est une façon de vous limiter de manière illimitée ? Je peux seulement vous garantir de rester deux ans. Ce sera mon minimum et mon maximum. J'aurai le temps de former celui ou celle qui me succédera. J'ai besoin d'une réponse ce soir avant vingt heures, par courtoisie pour les prochains recruteurs, pour que je puisse annuler les rendez-vous et éviter de leur faire perdre leur temps et le mien.

— Vous pouvez attendre un quart d'heure dans la salle d'attente. Je dois discuter avec le président avant de confirmer la décision.

Il sortit.

Le directeur, encore abasourdi, s'entretint avec le président. Il s'agissait de diriger une équipe de plusieurs personnes….

Quelques minutes plus tard, il fit appeler Kamel-Léon dans son bureau.

— Nous vous ferons un CDI avec un préavis de six mois. Je vous enverrai un courriel qui confirmera de manière informelle ce que vous m'avez dit, à savoir que vous vous engagez à rester deux ans. Nous comptons sur cet engagement ferme si vous démontrez vos capacités.

— Donc vous allez formaliser une confirmation informelle ? Ne vous inquiétez pas. Je m'engage et si je peux paraître un peu… enfin, je tiens mes engagements.

Kamel-Léon sortit. Il avait hâte de quitter son costume de pingouin et de rentrer chez lui.

Sarah l'attendait depuis plusieurs heures, curieuse et anxieuse, car, même si son fils paraissait fort, elle le savait encore très fragile. En l'attendant, elle était allée dans sa chambre faire le tri de ses vêtements et donner ceux dont il ne se servirait plus. Kamel-Léon était de ceux qui ne savent pas jeter. Toute possession devenait un bien fétiche, une sorte d'amulette. Au fond d'un des tiroirs de la commode, elle trouva une douzaine de cahiers Clairefontaine de cent quatre-vingts pages, empilés par années. C'était la première fois qu'elle découvrait ces cahiers. Comment était-ce possible ? Elle lut sur le premier cahier : *J'ai six ans,* puis un ajout, *j'ai sept ans.* Les autres cahiers continuaient de la même façon sur plusieurs années jusqu'à un cahier, à peine entamé *J'ai l'âge adulte.* Sarah se sentait gênée de les ouvrir. Ils étaient la propriété de son fils. Finalement, elle ouvrit le premier, puis les suivants. Certaines phrases commencèrent à résonner violemment en elle. *On a beau dire, mais je ne ressemble pas à papa que ce soit physiquement, intellectuellement ou même émotionnellement. Peut-être ai-je vraiment été adopté ? Ou alors maman est allée...Non ce n'est pas possible ... La seule chose qui nous relie avec papa est notre amour pour maman, chacun à notre façon ... Maman ne le sait pas, mais je ne veux plus jouer au foot. Aujourd'hui encore, quand les autres ne confondent pas, avec ingéniosité, ma tête pour le ballon, c'est mon humble postérieur qui est l'objet de toute l'attention de leurs pieds dirigés avec dextérité. Personne ne voit rien et si je dis quelque chose, on ne me croira pas ... Maman ne doit pas savoir, elle croit que je suis heureux .... Encore une fois, on vient de me dire que j'ai dû être adopté. C'est décidé, je vais payer un test ADN. Il faut que j'aie mon propre compte bancaire et mon propre salaire, sinon, maman saura et je ne veux pas lui faire de la peine...*

Sarah entendit Kamel-Léon qui arrivait. Elle avait les yeux emplis de larmes. Elle les essuya rapidement, remit tous les cahiers en place et se rendit dans la cuisine.

Kamel-Léon arriva triomphant.

– Je commence lundi. Je vais rester pour le moment à la maison et si je trouve une copine, nous prendrons un appartement.

Sarah rassembla son âme pour sourire. Elle n'avait pas la ressource pour éclater de rire. Elle savait qu'il attendait, à minima, ce sourire.

Secrètement, Kamel-Léon adorait voir sa mère rire. Son rire franc, éclatant transperçait son cœur et le comblait de bonheur. *Le bonheur est accessible, il suffit simplement de trouver sa vocation profonde, et de se donner à ce qu'on aime avec un abandon total de soi[34].*

Sarah devait maintenant lui dire…Même si son père n'était plus de ce monde. Son fils ne pouvait pas découvrir la réalité par un simple test ADN qui entraînerait beaucoup d'autres recherches. Il entamait une nouvelle vie et il avait suffisamment lutté et souffert…

© Vanina Joulin-Batejat[35]

---

[34] Citation de Romain Gary
[35] Auteure et coach en management culturel.

Transcendance

Caroline Zeitoun

(France)

© Anna Alexis Michel - Pourim

Demain, nous serons tous déguisés pour le *pourim shpil*[36]. Maman a ramassé ce qu'elle a pu trouver de fourrure fauve dans la boutique de mon père pour confectionner mon costume de lion. Je l'ai essayé, j'ai

---

[36] Pourim Shpil : à l'occasion de la fête juive de Pourim, les communautés ashkénazes d'Europe de l'Est prirent l'habitude dès le XVème siècle de la célébrer en mettant en scène une pièce de théâtre comique, mêlant chant, danse et costumes, reposant sur l'histoire contée dans le Livre d'Esther.

plutôt l'air d'un jeune chat. Je le mettrai pour lui faire plaisir. Ce qu'elle ne sait pas, c'est que, de mon côté, j'ai rassemblé toutes les plumes de son atelier et je les ai collées les unes aux autres pour me fabriquer des ailes d'oiseau. Je les porterai sous la fourrure. Je n'ai rien contre les lions. C'est juste que je ne suis pas de la race des prédateurs. Je ne suis pas de ceux qui rodent, tournent autour de leurs proies et se jettent sur elles lorsqu'elles sont trop épuisées ou affolées pour se défendre. Je suis un créateur, un aventurier. Je veux voler haut, je veux voler loin. Je refuse les limites, les frontières. Je veux vivre cent vies. Un jour, je partirai, et si vous ne me croyez pas, c'est que vous n'avez pas remarqué la braise qui couve sous le bleu trompeur de mes yeux.

Pourquoi me contenter d'être un quand je peux être tout à la fois ? Je changerai de nom, de maison, j'oublierai ma ville, je laisserai derrière moi ce qui composait mon monde et je ne vivrai plus que pour demain. Puisqu'ici tout est mouvant, incertain, puisque ce qui a été décidé hier sera défait demain, je refuse de me soumettre aux lois. La ville qui m'a vu naître, elle-même, a changé de noms maintes fois, comme une mariée indécise, se jetant tour à tour dans les bras du plus fort, du plus brutal des maîtres. Moi, je me débarrasserais de mon identité sans regret pour gagner mon droit d'être libre.

Tout à l'heure, alors que j'essayais mon costume, mon père est entré. Il a caressé maladroitement mes boucles noires et son cœur s'est rempli de fierté. Non pour moi, mais pour la bête assassinée. « C'est du vison, de la meilleure qualité, touche ce velouté, regarde ces reflets… » m'a t'il dit enthousiaste. Pour un peu, il m'en aurait fait l'article. Il me voit déjà reprendre sa boutique dans quelques années et ne manque jamais une occasion de me transmettre son savoir. S'il savait à quel point la simple idée de passer ma vie dans une échoppe, entouré de peaux sacrifiées me glace ! Est-il vraiment mon père pour me souhaiter une vie dont il semble, lui-même, si peu satisfait ? Ma mère, elle, me voit en grand, tout vêtu de lumière et auréolé de gloire. Serais-je à la hauteur de ses rêves ? Je ne suis pas spécialement doué en classe, ni habile de mes mains. Dans la moyenne, passable. J'ai juste ce feu en moi. Cette énergie tantôt créatrice, tantôt dévastatrice qui m'entraîne toujours plus loin. Jusqu'où ? Parfois, je me fais peur. Il y a encore en moi le petit garçon qui recherche l'admiration de ses parents, et juste en dessous comme une seconde peau qui affleure à mesure que la première s'effrite, l'homme en devenir. Celui qui souhaite s'affranchir de leurs mensonges et rêves petit-bourgeois. Tout cela, c'est à cause de mon regard. Rien ne peut échapper à mon acuité. Les espoirs déçus de mes parents, les cadeaux de la vie qui ne sont jamais venus. Le petit monde étriqué dans lequel il leur a fallu entrer quitte à se couper les ailes. Je vois, j'analyse et tout mon corps se révulse. Aujourd'hui, je ressens, sur moi, tout le poids de leurs attentes. En plus des miennes, immenses, sublimes, outrageusement ambitieuses.

La nuit tombe et j'attends que maman vienne me souhaiter une bonne nuit.

J'aime ce moment qui n'appartient qu'à nous. Quand elle entre, les cheveux lâchés, fatiguée, mais heureuse en prévision de notre petit tête-à-tête. Elle sent la fleur d'oranger et la cannelle, douce et odorante comme les pâtisseries dont elle me gâte. Parfois, je remarque une plume, destinée au chapeau l'une de ses frivoles clientes, perdue dans sa chevelure. Je fixe mon attention sur ses yeux encore si beaux, et je me force à ne pas m'attarder sur les petits plis qui se forment sur son front et sur ses joues. Elle me dit « Roman, raconte-moi ce que sera ta vie ». Je veux vivre cent vies. Je lui réponds que je serai explorateur, car je suis sûr qu'il y a encore des contrées à découvrir sur cette terre, et si ce n'est pas le cas, eh bien, je changerai de planète.

Je serais avocat, mais le plus grand, mes adversaires capituleront juste en entendant mon nom. Ou alors, je serais poète, et toutes les femmes tomberont en pâmoison devant moi. Ça, je ne lui dis pas pour ne pas lui faire de peine et parce que je veux qu'elle croie qu'elle sera toujours la seule femme dans mon cœur.

Je serais comédien et je jouerais sur les plus grandes scènes. Je ferais pleurer de rire, trembler de peur ou suffoquer de sanglots mon auditoire, car aucun sentiment humain ne m'est étranger et j'aurais l'art de toucher directement le cœur de celui qui m'écoute.

Les yeux de ma mère brillent de fierté par anticipation, et elle va se coucher sereine tandis que moi, je continue de ruminer. Serais-je un héros sans destinée ? Ou bien mon sort sera-t-il tout simplement, celui du fou du village, comme Yossel, qui déambule hagard dans les rues de la ville, agrippant au passage tous ceux qui ont le malheur de passer à côté de lui. « Qui es-tu ? » leur demande-t-il comme s'il voulait sonder leurs âmes. Oui, je serais bien à ma place. Mais je serais alors un fou flamboyant, plein de panache. Je dirais tout haut ce que les autres chuchotent et on me traitera d'idiot, mais je m'en ficherai, car c'est le privilège des fous de se moquer de ce que l'on pense d'eux.

Le jour se lève et l'angoisse qui m'étreint depuis peu me reprend. Aujourd'hui a lieu le spectacle de pourim et les masques tomberont selon la tradition. Les pères se sont réveillés tôt pour aller écouter le Livre d'Esther à la synagogue et se concentrent pour ne rater aucun mot de l'histoire merveilleuse du miracle. Un miracle sans intervention divine, ou presque. Une reine a osé défier son époux, misant sur l'amour qu'il lui porte, l'intelligence a vaincu la haine et la cruauté. La victoire inattendue de l'homme, ou plutôt de la femme, contre l'ignorance, la violence gratuite et la calomnie. Un jour, je voudrais être de ceux-là. De ceux qui luttent, non sans peur, car le courage n'exclut pas la crainte, mais avec le sentiment que c'est le seul choix possible pour continuer d'appartenir à la communauté des humains.

Les enfants surexcités, dans les effluves de miel des petits gâteaux que l'on s'échange, tapent des pieds et des mains effrontément en entendant le nom du méchant pour couvrir et effacer son nom.

Les mères, levées bien avant les hommes, cuisinent le ventre vide, pour le festin qui viendra célébrer la levée du mauvais décret pesant sur le peuple. Les adolescents, sous la supervision du Rebbe montent la scène, terminent les décors. La pièce sera éblouissante. Nous avons répété des heures. Les enfants ne tiennent plus en place. Ils ont hâte de porter leurs costumes, cousus avec trois fois rien, des restes d'emballages brillants, des tissus défraîchis dont on a ravivé les couleurs, en les agrémentant de perles, de boutons, et de vieux fils dorés. Un peu en retrait, je les observe s'agiter dans tous les sens.

Mon père m'encourage de loin, se méprenant sur l'origine de mon silence. « Roman, c'est l'heure, mets ton costume. Tout va bien se passer ». Il est rempli d'orgueil. Le premier rôle, celui du Lion, pour son petit Romantchik, le puissant, le courageux félin que rien n'arrête.

J'enfile discrètement mes ailes et je les recouvre de la fourrure fauve puis je monte sur scène.

De là-haut, je ne rate rien de ce qui se passe dans l'assemblée. Ma mère, à l'étage des femmes, a réussi à se faire une place au premier rang. Débrouillarde, elle a dû jouer des coudes pour être aux premières loges afin de satisfaire sa fierté maternelle. Elle me contemple avec émotion, comblée. Mon père a les yeux qui dérivent vers l'étage des femmes. Il tente d'être discret, hélas, rien ne m'échappe de mon promontoire. J'ai capté le regard de connivence échangé avec la belle Frieda. La blonde séductrice a rougi, puis baissé vivement la tête, prenant une pause faussement effarouchée. Ma mère, tout entière au seul objet de son amour n'a rien perçu, comme à son habitude. Dans son cœur, mon père n'aura jamais que les miettes de son affection. Lorsque je suis là, plus rien ne peut exister. Puissance de l'amour maternel, mon doux, mon terrible fardeau.

Le spectacle commence. Je rugis, je m'essouffle, je donne la réplique de tout mon cœur. Les spectateurs, ravis, applaudissent chaque scène avec passion. Le point culminant de l'action arrive. Lorsque les hyènes se précipitent sur moi, je suis censé me dresser devant elles dans un cri féroce. L'assemblée, surchauffée attend une victoire nette et implacable. Le bien doit triompher du mal. Hélas, cette fois-ci, les spectateurs devront attendre un héros plus conforme à leurs espérances, et mon père un fils plus malléable. Cent autres vies m'attendent et je n'ai plus la force de résister à leur appel.

Je commence alors à ôter la fourrure, poignée par poignée. Sous le regard ahuri de l'assemblée, au milieu des rires des enfants, la belle fourrure de mon père tombe, éteinte, sur le sol. Des ailes puissantes d'aigle majestueux pointent alors fièrement sous le duvet et j'ai bien du mal à les contenir. Les épaules de mon père, vaincu, s'affaissent. Les bras de ma mère se tendent vers moi dans un appel désespéré.

Le costume est tombé, Maman, il est trop tard, mes ailes se sont déjà déployées. Je suis fait pour voler haut, loin de vos résignations et de vos abandons.

Maman, même ton amour ne peut plus me retenir. Je te reverrai, j'espère. Écris-moi...

© Caroline Zeitoun

Philéas Holub, et ses alias

Florence Jouniaux
(France)

© Anna Alexis Michel – La lectrice du train

J'ai sûrement vécu plusieurs vies, du moins si l'on adhère à la théorie de la réincarnation. En tout cas, c'est ce que je me dis chaque fois que j'invente des situations dans mes romans. Enfin, je dis « mes romans », je n'en ai écrit que deux... Et pour être tout à fait honnête, le deuxième n'est même pas terminé. Alors ils ne sont pas près d'être publiés... Oh, bien sûr, j'ai une multitude d'histoires en tête, toutes de genres différents, mais elles ne sont pas encore abouties. J'ai aussi un cahier de poèmes et quelques nouvelles. Puis-je m'appeler « écrivain », alors ? Je me sens comme un imposteur... Je ne suis qu'un écrivaillon inconnu parmi tant d'autres. Et pourtant, que j'aime écrire ! Mais comment me présenter au public ? À un éditeur ? Dois-je prendre un pseudo ? M'inventer une vie ? Une identité pour chacun de mes deux romans ?

Ma foi, pourquoi pas ? Romain Gary l'a bien fait, lui, alors qu'il s'appelait Roman Kacew et qu'il était d'origine russe, lituanien pour être exact, et de confession juive.

— Oui, à la différence qu'il avait du talent, lui, me souffle une petite voix.

— Mais je peux quand même essayer, non ?

— Tu n'as pas vécu deux guerres comme lui, et tu n'es pas non plus un héros, comme lui.

— Non, c'est vrai, je n'ai pas son vécu... Mais, comme lui, j'ai dû partir de Tchécoslovaquie, seul avec ma mère... Et j'ai exercé plusieurs métiers, déjà.

Ma voix intérieure se gausse.

— Serveur, pigiste, magasinier... Ce n'est pas très reluisant !

— Il n'y a pas de sot métier ! Et puis, il faut bien manger et payer le loyer ! À ce propos, la fin du mois risque d'être difficile, il faut que je me trouve un nouveau job... Mais l'intérêt de ces petits boulots, c'est qu'ils me permettent d'écrire. D'ailleurs, pour revenir à Romain Gary, mon but n'est pas de raconter ma vie, pas pour l'instant en tout cas. Peut-être plus tard...

— *Mais dans tes deux romans, tu t'inspires bien de ta vie, non ?*

— *Oui, forcément, mais ce sont des fictions. Julien, mon héros policier, par exemple, est obstiné, tout comme moi ; en revanche, mon tueur, Renan, est un gros pervers, fétichiste des cheveux, mon total opposé.*

— *Oui, heureusement ! Mais ton Vincent, dans l'autre roman, il te ressemble physiquement, et même un peu moralement.*

— *En même temps, il a à peu près mon âge, et qui n'aime pas voyager ? Bon, maintenant, je dois réfléchir à des pseudos.*

Philéas Holub s'installa devant son ordinateur et ouvrit un fichier. Après quelques instants, ses doigts pianotèrent. Sur son écran s'afficha : Le PERVERS D'ANGOULÊME d'André Lafargue. Il demeura un instant songeur, puis l'effaça pour le remplacer par Philippe Houot.

— Les mêmes initiales que moi, mais avec un nom français, j'aurai plus de chance auprès d'un éditeur, murmura-t-il. Et maintenant, à nous deux, Renan.

Tu vois, tu parles comme ton policier.

Il décida d'ignorer cette voix.

Il ferma alors son esprit pour se concentrer exclusivement sur son intrigue. Il arrivait bientôt à la fin et il était tout excité. Il avait hâte de mettre le point final, tout en appréhendant le vide qui s'ensuivrait. Mais il savait aussi qu'il aurait un gros travail de relecture à effectuer...

Il replongea dans son roman et se mit dans la peau de son enquêteur : Julien pataugeait dans son enquête avec déjà cinq cadavres, des jeunes femmes disparues, puis retrouvées mortes plusieurs mois plus tard. Mais le mode opératoire n'était pas le même à chaque fois, ce qui n'aidait pas vraiment à cerner le profil du *serial killer*.

Philéas poursuivit ainsi :

« À la réunion du matin, il refit un point avec son équipe.

— Nous avons affaire à un homme de type caucasien, entre trente et quarante ans, qui enlève ses victimes sur des routes secondaires, mais aussi dans des stations d'autoroute. Il semble agir sous le coup de l'impulsion, du moment qu'elles sont seules et jeunes. Ensuite, il les séquestre un certain temps, les viole, et quand il est lassé, il les tue.

— Moi, je pense qu'il a un complice.

— Ou une ! Si ça se trouve, il est en couple et sa femme l'aide. Elle les met en confiance et les amène à son mari.

— Quelle horreur ! Tu as vraiment l'esprit tordu !

— Ce ne serait pas le premier cas qu'on rencontre... répliqua Julien, songeur. Mais qu'est-ce qui vous fait dire ça ?

— La façon dont ces filles sont tuées proprement, soit droguées, soit les veines tranchées... Pas d'étranglement par exemple, ou de blessures par balle. Des crimes plus... féminins.

— D'accord, donc on recherche un couple, mais ça ne nous avance guère... »

L'auteur s'interrompit un instant. Il devait faire avancer son intrigue. Il écrivit :

« Trois mois plus tard, comme une jeune femme faisait du stop à la sortie d'un village, une voiture s'arrêta.

— Vous allez où ? s'enquit le chauffeur.

— Au centre commercial de la ville voisine.

— Ça tombe bien, alors. Montez.

La passagère, rassurée de voir une femme à ses côtés, s'installa à l'arrière, sans crainte. Cependant, lorsqu'elle se rendit compte que le véhicule ne prenait pas le chemin habituel, elle commença à prendre peur.

— Je crois que vous avez loupé l'embranchement, tenta-t-elle.

— Ne t'inquiète pas, nous connaissons un raccourci, répliqua le conducteur.

Comme ils s'arrêtaient à un stop, la jeune femme, effrayée, ouvrit la portière et s'enfuit en courant à travers champs.

La femme la poursuivit, mais elle ne parvint pas à la rattraper. Elle revint, affolée, vers son mari, qui tenta de la rassurer :

— Te bile pas, on ne lui a rien fait. Que pourrait-elle bien dire ?

— J'espère que tu as raison.

En réalité, il se trompait. Leur proie, terrorisée, se rendit directement au poste de gendarmerie le plus proche, et décrivit le couple. Deux jours plus tard, Julien fut alerté. Ses collègues avaient un signalement qui pouvait correspondre au couple recherché ».

Philéas venait d'apporter l'élément de résolution. Il ne lui restait plus qu'à faire appréhender les deux meurtriers et à les faire avouer, lors d'un interrogatoire que son policier devrait mener avec subtilité. Un dialogue intéressant à imaginer... Il se demanda s'il devait raconter le procès du couple terrifiant, Renan Martel et sa femme Judith.

— Oui, décida-t-il à haute voix. Les réactions de la presse et du public apporteront un plus. Je peux clore mon roman là-dessus.

Écrire une fin satisfaisant tous les lecteurs n'était pas une mince affaire. Mais dans ce cas précis, il lui semblait évident qu'il devait terminer par l'enfermement à vie de son coupable. Il sourit, satisfait. Quelques heures de travail encore, et il pourrait mettre le point final à l'enquête de Julien.

Il se leva et effectua quelques étirements. Son ventre se mit à gargouiller et il se dirigea vers son frigo. Quasiment vide ! Pris dans son intrigue, il n'avait pas fait les courses, et pour cause, il était à sec ! Il attendait impatiemment des nouvelles de Pôle Emploi. Avec un soupir, il procéda à l'inventaire de ses placards : une banane, une boîte de raviolis, la moitié d'un paquet de pain de mie, un sachet de céréales bien entamé, un fond de pâte à tartiner et un vieux bout d'Emmental. Il ferait avec jusqu'à demain !

Quelques jours plus tard, il écrivit le mot FIN. Il devait maintenant laisser reposer ce premier jet. En attendant, il allait commencer la relecture du roman précédent. Il s'y attela avec une joie non dissimulée : il avait mis beaucoup de lui dans cette première œuvre, où son héros, Vincent, était un jeune homme plein d'ambition, mais sans le sou. Il hésitait encore sur le titre qu'il allait donner à ce roman d'initiation à la manière des auteurs du XIXe siècle, comme *Bel Ami* de Maupassant, ou *Le Père Goriot*, avec le personnage d'Eugène de Rastignac. Oui, sans doute, mais en plus moderne.

–Voilà que tu te compares à de grands auteurs, ricana la voix.

– Et alors, quel mal à ça ?

– C'est pour t'éviter des désillusions ! On pourra alors parler des *Illusions perdues* !

Philéas haussa les épaules et rétorqua :

– Quel rabat-joie tu fais ! Moi, je dirais plutôt *Les grandes Espérances* ! Maintenant, silence ! Je n'ai plus qu'une heure devant moi avant d'aller à la pizzeria. J'ai pris ce que la boîte d'intérim me proposait, inutile de me rappeler que je dois avoir plus d'ambition que devenir serveur, je m'y emploie justement.

Il parcourut encore un chapitre, corrigeant çà et là une répétition, un doublon, une phrase, et plus rarement, une erreur de frappe, plutôt qu'une vraie faute d'orthographe. Il avait toujours été bon dans ce domaine et s'en félicitait. Son protagoniste errait dans la nature, en proie aux affres du doute sur son avenir, et, tel un héros romantique, passait de l'abattement à l'exaltation, en se projetant dans le futur. Il rêvait de devenir célèbre grâce à ses peintures, mais pour cela, se disait-il, il devait se rendre à la capitale, ou peut-être en

Italie. Oui, à Florence, berceau des grands artistes... Mais pour l'heure, il avait à peine de quoi se payer un billet de train. Après avoir difficilement obtenu son baccalauréat, avec un an de retard, il vivait encore chez ses parents, qui ne pouvaient pas lui payer l'école d'arts dont il rêvait à Paris... Aussi venait-il de commencer à travailler comme plongeur dans un restaurant, en espérant amasser un petit pécule qui lui permettrait de voyager.

Soudain, l'écrivain en herbe se fustigea. Complétement immergé dans son histoire, il allait être en retard au boulot !

Il enregistra son fichier, enfila ses chaussures et attrapa sa veste, avant de dévaler les escaliers jusqu'en bas de l'immeuble vieillot, dans lequel il louait une chambre mansardée à un prix exorbitant. Il salua la vieille madame Michu, figure emblématique des lieux, avec son fichu sur la tête, son cabas à carreaux délavés et ses chaussons troués d'un jaune sale. Celle-ci le regarda passer, tel un éclair, sans même le reconnaître, derrière ses verres épais d'hypermétrope, qui lui faisaient des yeux de batracien. Le jeune homme courut jusqu'à la bouche de métro la plus proche et s'y engouffra. Là, il dut *sprinter* et jouer des coudes pour attraper la rame qui arrivait. Heureusement, il n'était qu'à quatre stations de la pizzeria, et il reprit sa course en sortant.

Lorsqu'il poussa la porte de service, hors d'haleine, le patron déclara :

– Pile à l'heure !

Maria, sa fille, une jolie brune aux prunelles de braise et aux formes plantureuses, l'accueillit avec un sourire éblouissant. Il en fut tout ébaubi et son cœur battit le tam-tam dans sa poitrine. Elle aidait au service tous les soirs, après la fac, de sorte que Philéas travaillait avec elle. Le midi, il œuvrait avec un autre garçon, embauché là depuis plusieurs années. C'est lui qui l'avait briefé, quand il était arrivé, voilà trois jours, et tous deux s'entendaient bien.

Maria et lui effectuèrent rapidement la mise en place. C'était un vendredi soir et ils n'allaient pas chômer ! Mais les regards qu'ils échangèrent en se croisant de temps à autre rendirent sa soirée agréable. Voilà quelque temps qu'il n'avait pas tenu une jeune fille dans ses bras... Presque deux mois déjà que Marianne l'avait quitté pour un autre. Il en avait été malheureux, avait même songé à tenter de la reconquérir, mais lorsqu'il avait vu la voiture de luxe de son rival et sa mise, il avait renoncé. Il aurait pu sortir, s'étourdir dans l'alcool, mais outre le fait qu'il n'en avait pas les moyens, il n'en avait pas non plus le goût, contrairement à beaucoup de son âge. Quant aux rares amis qu'il avait, ils étaient en couple, « casés », disaient-ils, et il n'avait pas envie de les embêter avec son désespoir ni de faire l'objet de leur pitié, ou encore de subir ce genre de phrases toutes faites : « Une de perdue, dix de retrouvées ! » ... Il avait donc tâché de se consoler dans l'écriture, inventant une nouvelle satirique, où il mettait en scène un jeune couple, puis leur rupture, insistant sur la frivolité et les désirs futiles de celle qui en était responsable... Cela lui avait fait un bien fou !

Lorsqu'il rentra chez lui, à minuit passé, il se promit d'inviter Maria au cinéma. Une salle obscure favorise les rapprochements, c'est bien connu. Et il l'avait déjà expérimenté à de multiples reprises, quand il était adolescent.

Assez vieillot comme technique de drague ! le railla la voix.

Il se boucha symboliquement les oreilles et fila sous la douche, avant de se mettre au lit.

Le lendemain, après le service de midi, il se dépêcha de rentrer pour retrouver Vincent, son personnage. Il alluma son écran. Dans le chapitre trois, six mois avaient passé.

« Il boucla son sac à dos et dit au revoir à ses parents.

— Tu nous donneras des nouvelles, n'est-ce pas ?
— Bien sûr !

Sa jeune sœur se jeta dans ses bras, les larmes aux yeux.

— Tu vas trop nous manquer !
— Eh ! Je ne pars pas pour toujours, pitchounette !

Il la serra fort, embrassa ses parents et franchit le seuil, sans se retourner. Plus il s'éloignait de sa maison, plus il se sentait léger. Il était libre ! Libre de vivre sa vie, quand bien même il allait manger de la vache enragée. Il monta dans le train pour Florence en fredonnant. »

Ce soir-là, Philéas prit son courage à deux mains et invita Maria comme prévu, sur son jour de congé, deux jours plus tard. Celle-ci accepta, au grand soulagement du jeune homme. Ils convinrent d'aller à la séance de dix-sept heures et de manger ensemble après.

Il se coucha tout guilleret, à la pensée de cette sortie...

Le surlendemain, il était heureux pour deux raisons : il avait bien avancé dans sa relecture et il allait voir la belle Italienne ! Il rangea sa chambre et se prépara avec soin : après avoir enfilé une chemisette et un pantalon à pince, il vaporisa du parfum dans son cou et sur son torse. Il coiffa sa chevelure rebelle comme il put et s'examina avec un regard critique : de grands yeux noisette, un nez droit, des pommettes hautes et un menton volontaire. Il sourit à son image. Pourvu qu'il plaise suffisamment à Maria pour qu'elle veuille boire un dernier verre...

Durant la projection du film, il lui prit la main, qu'elle lui abandonna sans résistance. Il entama ensuite l'opération rapprochement... Comme elle tournait la tête vers lui, il avança sa bouche vers la sienne. Il exulta quand elle lui rendit son baiser.

La suite fut comme il l'avait rêvée, même s'il avait un peu honte de l'emmener dans sa misérable chambre mansardée. Mais la belle trouva ça « mignon » et il s'en contenta. Il espérait faire un bout de chemin avec elle...

Un mois plus tard, ils étaient toujours ensemble, et il avait fini de relire son premier roman. Mais il gardait cette passion secrète, pour l'instant. Le moment viendrait où il serait fier de lui en parler. Mais avant, il devait trouver un titre alléchant et un pseudo différent. Il se tortura l'esprit durant quelques jours et finit par se décider. Il avait déjà la liste des maisons d'édition qui pouvaient être intéressées par un roman de littérature blanche. Il allait s'y présenter en personne, en tant que Patrick Haltman : il n'avait rien à perdre.

La première lui dit de prendre rendez-vous. Dans la seconde, l'éditeur était occupé et on lui conseilla de revenir et ce ne fut qu'à la troisième, Le Héron cendré, qu'il obtint une entrevue.

La conviction qu'il mit pour présenter son roman plut à l'éditrice, ainsi que sa bonne mine.

– Je vous promets de vous envoyer une réponse d'ici un mois ou deux. Laissez-moi vos coordonnées et envoyez-moi également le fichier, que je puisse le partager avec mon comité de lecture. Comme il la remerciait, Edith Drancourt lui dédia un sourire éclatant.

L'attente fut une vraie torture, mais la présence régulière de Maria l'aida à patienter. Enfin, il reçut un courriel qu'il ouvrit avec fébrilité.

« Je suis heureuse de vous annoncer que votre roman, *Les Errances d'un jeune artiste*, a été apprécié par notre comité. Je l'ai moi-même beaucoup aimé. Vous êtes une âme sensible, monsieur Haltman. Contactez-moi au plus vite. »

Il relut ces quelques lignes plusieurs fois et finit par laisser éclater sa joie. C'était tellement inespéré ! Allait-il pouvoir vivre de sa plume ?

Non, mais redescends sur terre, mon vieux ! Tu n'es encore qu'un illustre inconnu !
Oui, c'est vrai, il ne devait pas s'emballer...

Pourtant, six mois plus tard, grâce au marketing de la maison d'édition et aux différentes interviews qu'il donna, sans parler du lancement de son livre dans une librairie connue, son nom commença à circuler et son livre se vendit bien. Ce n'était pas encore la richesse, et il continua à travailler le soir à la pizzeria, surtout pour côtoyer Maria, à laquelle il révéla que l'auteur des *Errances d'un jeune artiste* n'était autre que lui. Elle le félicita et ils discutèrent de leur avenir. Elle était d'accord pour qu'ils vivent ensemble, car pour l'heure, elle habitait encore chez ses parents, tout en poursuivant des études de droit. Mais pour cela, il leur faudrait trouver un appartement...

Fort de sa petite notoriété, il termina rapidement son second roman, *Le Pervers d'Angoulême*, avec la fin envisagée, et après plusieurs relectures, il résolut de le présenter à plusieurs maisons d'édition spécialisées dans le roman policier, sous le pseudonyme de Philippe Houot. Cette fois, il appela pour prendre rendez-vous et en obtint un, non sans mal d'ailleurs, mais il se refusait à mettre en avant la publication de son premier roman, désireux d'être jugé sur son travail, non sur un premier succès. Le contact avec l'éditeur fut moins chaleureux que celui avec Edith Drancourt, mais la maison était reconnue et la promesse de passer par le comité de lecture sous trois mois le satisfit.

Là encore, il fut sur des charbons ardents pendant toute cette période. Mais il la mit à profit pour écrire le premier jet d'un troisième roman, un thriller dont le héros était un détective privé français, dont l'enquête l'emmenait aux États-Unis.

Il vit aussi son éditrice qui lui apprit qu'elle avait inscrit son roman à plusieurs concours.

– Les prix obtenus seront un plus dans votre parcours d'écrivain, car je suppose que vous n'allez pas vous arrêter là.

Il lui avoua qu'en effet, il avait plusieurs intrigues en tête et qu'il avait même proposé un roman policier aux Éditions du Chat noir.

– Fort bien ! Je vous souhaite de réussir dans ce genre, mais j'espère que nous aurons le plaisir de vous publier dans le registre qui fait le succès des *Errances*.

– J'y songe, mais pas avant l'année prochaine.

– Je compte sur vous, Patrick.

Comme il relisait son thriller, Philéas reçut une réponse positive de l'éditeur du Chat noir, ce qui le remplit de joie. Avec les royalties des *Errances* et celles de son policier, il allait enfin pouvoir déménager. Le jeune couple visita plusieurs appartements et finit par en trouver un, qui avait pour avantage de n'être pas très loin de la faculté.

Les parents de Maria les aidèrent à emménager et le couple invita quelques amis à la pendaison de la crémaillère.

Philéas tint sa promesse auprès de l'éditrice et lui confia un deuxième roman, un an plus tard. Il lui fut d'autant plus reconnaissant que le premier obtint un prix.

—Votre carrière est vraiment lancée maintenant. Espérons que les lecteurs seront au rendez-vous pour le second.

Il hocha la tête. Quel chemin parcouru en un an ! Il n'en revenait pas lui-même ! Si seulement ma mère était encore de ce monde pour que je partage ma joie avec elle ! songea-t-il.

Cette fois, la petite voix ne trouva rien à redire...

© Florence Jouniaux[37]

---

[37] Professeure de lettres classiques et amoureuse des mots, Florence Jouniaux écrit depuis 2008. Inspirée un soir par une muse, elle a publié une trentaine de romans de genres variés – dont 5 à quatre mains – une pièce de théâtre et un recueil de poésie. Elle a participé à plusieurs collectifs d'auteurs (nouvelles et 2 romans à visée caritative) et ambitionne d'être publiée à l'international en traduisant ses romans en anglais.

Les avatars d'un génie
Hommage à Romain Gary

Cette braise qui me brûle

Didier Kimmel

(France)

Ici, je dois faire un aveu.

Je mens assez peu, car le mensonge a pour moi un goût douceâtre d'impuissance : il me laisse trop loin du but. Mais lorsqu'on me demande où, à Varsovie, j'ai fait mes études, je réponds toujours : au lycée français. C'est une question de principe. Ma mère avait fait de son mieux et je ne vois pas pourquoi je la priverais du fruit de son labeur.

Romain Gary, La promesse de l'aube

Romain allait peut-être pouvoir écrire son plus beau roman. Il voyageait ailleurs, loin de tout, il se quittait, il était réincarné. Il pensait avoir erré dans l'immensité sidérale pendant quelques jours seulement alors qu'en fait son voyage avait débuté quarante ans auparavant, juste après son décès ! Plus exactement son esprit ou plutôt une autre partie de lui-même avait poursuivi son itinéraire après celui suivi pendant sa vie terrestre. Il avait pu alors se rapprocher des planètes et des étoiles et sa curiosité naturelle avait été pleinement rassasiée. Il n'y avait plus aucun obstacle à son cheminement. Rien ne pouvait l'en empêcher, car plus rien n'existait vraiment, ni le manque d'oxygène, ni la distance, ni la chaleur. La notion du temps qui passe s'était effacée également. D'une façon extraordinaire, il disposait de toutes les ressources nécessaires pour accomplir son périple en vue de parvenir à élucider tous ces mystères qui le hantaient. Au début de cette nouvelle forme de vie, il n'eut pas d'autre choix que celui de se rendre à l'évidence ; la vie ne s'arrêtait donc pas après la mort. Celle qui était considérée comme un point final, une sorte de terminus dissimulait une tout autre tournure. Contrairement à toute attente, il s'agissait, en réalité, d'un pont d'envol vers une nouvelle forme d'existence. C'était une révélation tellement époustouflante même si beaucoup, sur Terre, l'espéraient secrètement au fond d'eux-mêmes. Après avoir quitté son corps après son décès, il lui fut proposé de retrouver l'enveloppe charnelle qu'il avait à un moment de sa vie terrestre. Sans hésitation, il opta pour celle qui était la sienne à l'âge de quarante-cinq ans car c'était l'âge auquel il avait rencontré Jean Seberg dont il était tombé éperdument amoureux.

Dans sa déambulation céleste, il fut attiré par une luminosité si intense qu'il ne pût s'empêcher de s'en approcher et d'y pénétrer. Une femme enveloppée d'un halo de lumière éblouissante l'attendait et déjà s'approchait de lui.

– Romantchik, Romouchka … c'est bien toi ? Ah … te voilà enfin … depuis le temps … visiblement tu n'étais pas pressé de retrouver ta mère ! Si je compte bien, sachant que nous sommes en 2024, et que tu as mis fin à tes jours en 1980, ça fait donc quarante-quatre ans que j'attends que mon fils chéri vienne me rejoindre.

– Maman, c'est bien toi ? Ah, enfin, je te retrouve.

— Tu ne crois pas que depuis toutes ces années, tu aurais pu te manifester un peu plus tôt ? Je ne compte donc plus pour toi ?

— Mais enfin, maman, bien sûr que non. En fait ….

— Laisse-moi parler et ne m'interromps pas s'il te plaît. D'ailleurs, pour être sûre que tu ne le fasses pas, prends ces concombres salés que tu apprécies tant. Pendant que tu auras la bouche pleine, au moins, je pourrai exprimer tout ce que j'ai à te dire. Depuis ma disparition en 1941, j'ai pu suivre toutes tes péripéties, à distance, et finalement bien mieux que je pouvais le faire de mon vivant. C'est l'avantage d'être mort, car le chemin de la vie se poursuit sous une autre forme que l'on n'arrive pas à concevoir avant de passer de l'autre côté du miroir. Et c'est ainsi que l'inimaginable prend forme et devient réalité. C'est depuis ce lieu sans limites que tout ce qui se passe sur Terre et ailleurs est accessible et visualisable. Je t'ai vu errer toutes ces années depuis ton décès à la recherche de je ne sais quoi, mais toujours entraîné par ta curiosité. Te voilà aujourd'hui, de retour, auprès de ta mère protectrice et étouffante, comme tu le pensais à l'époque.

Tout d'abord, comme je suis fière du parcours extraordinaire qu'a suivi mon fils chéri. Pensez donc, aviateur, résistant, écrivain, diplomate et même scénariste. Je pourrais aussi ajouter défenseur de la condition animale et également grand séducteur. Sur ce dernier point, j'ai très vite compris que tu serais continuellement attiré par la féminité et que certaines femmes te feraient commettre des folies. Toi, le déraciné, l'écorché vif, si différent des autres, si volontaire, refusant de céder à la médiocrité humaine, engagé contre le racisme et déjà écologiste avant l'heure.

Je suis satisfaite de toi mon fils, de l'homme que tu es devenu et de la façon dont tu as réussi à surmonter bon nombre d'épreuves difficiles. J'ai tellement espéré que tu sois reconnu comme quelqu'un dont le destin aura marqué son époque. Pour tout ce que tu as accompli, je te remercie et je me dis que tout ce que j'ai entrepris pour toi aura porté ses fruits. Mon sacrifice n'aura pas été vain.

Mais j'ai aussi des reproches à formuler, essentiellement deux. Je tiens à t'en faire part.

Le premier, sans doute le moins important, est ton goût insatiable du mensonge. Au départ, il ne m'avait pas échappé que tu mentais pour me protéger et pour ne pas me décevoir. Moi qui chaque jour essayais de te hisser sur la plus haute marche du piédestal que j'avais confectionné à ton attention et toi qui ne parvenais pas concrétiser mes rêves de grandeur. Alors, tu as choisi de te draper dans d'autres peaux, celles du mensonge et de la duperie. Et là, il faut admettre que tu es devenu le champion du genre puisque tu es l'auteur de la plus célèbre mystification littéraire de l'histoire en créant ton pseudonyme d'Émile Ajar. Et exploit encore plus remarquable, tu as pu ainsi obtenir, sous ce pseudonyme, ton second prix Goncourt. Nul ne pourra évoquer ton manque de talent et ce prodige t'a fait entrer dans la grande histoire littéraire. Tu es conscient d'avoir été un grand écrivain ? Ton nom ne sera jamais oublié.

L'autre, et celui-là me reste au travers de la gorge, est la fin prématurée que tu t'es infligée, même si elle n'a pas été une véritable surprise pour moi. Tu penses sérieusement que le message que tu as laissé avant de presser la détente de ton revolver « Je me suis bien amusé. Au revoir et merci » est ce que tu as écrit de plus pertinent ? La vieillesse t'effrayait et tu l'appréhendais comme une perspective atroce. Tu considérais même que tu te sentais incapable de vieillir. Déjà en 1968, lors d'un entretien avec un journaliste, tu annonçais clairement la couleur « J'ai fait un pacte avec ce Monsieur là-haut, vous connaissez ? J'ai fait un pacte avec lui aux termes duquel je ne vieillirai jamais ». Bref, tu t'es suicidé avec ton arme à feu. Tu n'as fait que réaliser un projet qui t'avait déjà attiré à plusieurs reprises dans le passé. Mais qu'est-ce qui t'a traversé la tête, cette fois-ci, pour passer à l'acte ? Voilà que le 2 décembre 1980, tu commettais l'irréparable. À soixante-six ans, tu aurais pu accomplir encore tant de choses. Je suis persuadée que tu étais voué à occuper des postes encore plus prestigieux peut-être même au sein du gouvernement, qui sait ? Déjà, tu avais refusé, quelques années plus tôt, de te présenter à l'Académie française alors qu'on te le demandait. Si tu avais été élu, tu aurais siégé au fauteuil de ton ami Joseph Kessel et tu serais devenu « immortel ». Mais non, considérant que tu étais hors-jeu, que la vérité meurt jeune et qu'après avoir été, tu ne pourrais plus être, pour la première fois dans ta vie si remplie, tu as failli. Je sais bien que l'existence ne t'a pas épargné et que tu as connu un lot important de déconvenues et de souffrances. À mon point de vue, l'amour et son cortège de désillusions n'auront pas été étrangers à ta décision. Tu as eu beau affirmer le contraire dans ton message posthume beaucoup continuent de penser que tu as cherché à rejoindre Jean Seberg dans la mort. Tu l'as tant aimée, avec une telle passion et une telle déraison.

— Et si tu me laissais te répondre maintenant ? Tout d'abord, tu ne peux pas imaginer le bonheur que j'éprouve en te retrouvant aujourd'hui. J'ai si souvent pensé à toi dans les périodes les plus sombres de mon existence. J'ai espéré mille fois pouvoir te rendre fière de moi et j'aurais tant voulu y parvenir, de ton vivant, pour que tu puisses épater toutes tes connaissances dans les allées du marché de la Buffa à Nice. Parce que tu es ma maman chérie, lorsque j'ai reçu ce télégramme si ravageur qui m'annonçait ton décès pendant la guerre, j'ai eu beaucoup de mal à accepter ton départ. Et c'est exact, qu'une nouvelle fois, j'ai adapté quelque peu cet épisode. Oui, j'ai fait croire que je n'avais appris ton décès qu'en 1945 puisque tu avais pris le soin d'écrire plus de deux cents lettres avant ta disparition, toutes non datées, que tu avais remise à une amie. Celle-ci était chargée de me les adresser une à une pour me laisser croire que tu étais bien vivante. J'ai toujours su arranger le récit de ma vie pour le faire coïncider avec ce que j'aurais aimé qu'il soit. Cette façon de faire que tu considères mensongère n'était en fait qu'une façon habile d'inventer une histoire et de me motiver pour accepter de continuer à vivre malgré toutes les vicissitudes et les difficultés auxquelles je me suis heurté. Mais c'est vrai que la vie m'est apparue bien souvent trop insipide et c'est elle qui m'a poussé à la pimenter pour la rendre plus supportable. Dès mon plus jeune âge, tu as échafaudé pour moi des projets plus fous les uns que les autres en me hissant sur des sommets vertigineux. Sans cesse, tu me voyais bien plus grand que je ne pouvais l'être. Moi, j'échouais en tout et pourtant, tu persistais et tu repartais dans des projections délirantes quant à mon avenir. À force de me rêver dans la peau d'un autre, j'en suis arrivé à perdre ma propre identité. Mais au fond, cette soif inextinguible de me voir réussir m'a sans doute rendu service. Comme tu m'auras marqué, maman, si bien qu'à chacune des étapes de ma vie, y compris quand tu n'étais plus là, j'ai cru déceler ta marque, ta trace et ton empreinte.

J'ai cherché à repousser aussi loin qu'il m'était permis, l'arrivée de la vieillesse. Malgré toutes les embûches que j'ai placées sur son chemin, je l'ai vu pointer le bout de son nez pour me rappeler que le moment se rapprochait inexorablement. C'était juste insupportable pour moi qui m'obstinait à penser que celui que j'étais à vingt ans était toujours présent et que cette belle personnalité si vigoureuse d'alors n'était pas en train de disparaître. Alors oui, maman, la frayeur d'une sorte d'obsolescence programmée associée à un passage dépressif découlant d'un chagrin d'amour non digéré sont probablement parvenus à me faire perdre pied et à commettre ce geste fatal. Et puis, tu sais, c'était si compliqué de porter toutes ces identités que j'avais inventées. Elles me prenaient la tête, je ne m'en sortais plus et ce suicide a été pour moi la solution à ce jeu cruel dans lequel je m'étais plongé. J'allais enfin être libre, débarrassé des autres et de moi-même !

Pendant que j'y songe maman, tu me reproches d'avoir mis tant d'années avant de retrouver ta trace, mais toi, pourquoi n'as-tu pas tenté de te manifester, après ton décès, lorsque j'étais encore vivant ?

– Ah…tiens donc, je m'attendais à cette question ! Tu as dû te rendre compte que si notre liberté de mouvements et de pensées est totale ici, il y a une règle qui n'est pas contournable. Il est absolument impossible de communiquer directement avec le monde des humains. Tu ne peux pas apparaître sur Terre pour avoir une discussion avec un être qui t'était cher. Tu te doutes bien, me connaissant, que je n'allais pas en rester là ! Et j'étais parvenue, après avoir déployé bien des efforts et en fournissant des argumentaires suffisamment convaincants, à obtenir l'autorisation de communiquer avec toi. Seulement deux essais m'avaient été accordés. À titre tout à fait exceptionnel, j'ai eu la possibilité de retourner sur Terre mais avec la stricte interdiction de revêtir une forme humaine. J'admets que ces tentatives étaient certainement compliquées à identifier, mais enfin, pour un esprit aiguisé comme le tien, comment n'as-tu pas compris ce qui se passait ?

– Mais c'était où et quand, maman ?

– La première fois, c'était à Los Angeles, lorsque tu étais Consul général de France, j'avais l'apparence d'un oiseau-mouche. Tu m'as retrouvée, un matin, posée sur un coussin dans le salon de ton appartement. J'étais tremblante et je poussais des petits piaillements pour attirer ton attention. Tu as immédiatement pensé que j'avais dû rentrer par une fenêtre ouverte la veille au soir et que je m'étais retrouvée captive lorsque celle-ci avait été refermée. Sans même que tu puisses imaginer, ne serait-ce qu'une fraction de seconde, que quelque chose d'extraordinaire était en train de se passer, tu as cru bon de me libérer en ouvrant en grand la fenêtre et en faisant mine de m'effrayer pour que je puisse quitter les lieux et retrouver ma liberté. Tu étais très satisfait de ton exploit et tu étais loin de t'imaginer que tu venais de manquer une occasion exceptionnelle. La seconde a eu lieu, précisément en 1951, alors que tu étais assis sur un roc de lave dans le désert du Nouveau-Mexique. Tu n'en as probablement gardé aucun souvenir, mais à un moment, deux petits lézards blancs se sont approchés et grimpèrent sur toi. L'un d'eux, plus téméraire s'est hissé jusqu'à ta tête, s'est approché de ton oreille et tu l'as laissé faire.

— Tu te trompes maman, j'en conserve un souvenir intact. J'ai ressenti quelque chose d'indéfinissable, mais particulièrement troublant. Très rapidement, ma facette rationnelle m'a empêché d'envisager une explication paranormale.

— Ce lézard, c'était moi ! Mais comme à ton habitude, tu t'es montré impatient et tu m'as repoussée d'un revers de main. Et pourtant, nous y étions presque. La connexion entre l'invisible et le visible était sur le point de se réaliser. Mais comment aurais-je pu me manifester plus avant si ce n'est en m'approchant au plus près de ton oreille pour tenter de te murmurer quelques mots d'amour ? Malgré tous les efforts que j'ai déployés à cet instant, il n'est bien sûr sorti aucun son de ma petite gueule de lézard bien incapable d'émettre le moindre mot.

— Mais comment aurais-je pu deviner que c'était toi ? Tu sais que je n'ai jamais adhéré à l'idée de la réincarnation ou à celle d'une persistance d'une certaine forme de vie après la mort. Toutefois, ce jour-là, et précisément à cet instant qui m'a semblé durer de longues minutes, j'ai espéré quelque chose qui n'est pas arrivé. Après coup, j'ai considéré que mon esprit s'était égaré et qu'il était illusoire d'y déceler autre chose qu'une simple association d'idées. Oui, je pensais si souvent à toi dans ma vie quotidienne et encore davantage depuis ton décès en 1941 qu'il n'y avait rien de surprenant qu'un jour ou un autre, la survenue d'un événement aussi mineur soit-il puisse me persuader, l'espace de quelques instants, que l'espoir était permis.

— Évidemment, tu ne m'en as pas laissé le temps. Si tu crois que c'est facile de transmettre un message à un humain, même s'il s'agit de son fils, quand on est un lézard ! Toi qui auras été un véritable caméléon durant ton existence avec toutes tes identités fluctuantes, tu as manqué notre rendez-vous.

— Bien plus tard, en particulier lorsque j'affrontais quelque chose de grave, j'avais la sensation, que dis-je, j'étais persuadé de communiquer avec toi. Un ressenti bien étrange puisque je désirais que ce soit vrai sans véritablement l'admettre. Je considérais alors qu'il s'agissait d'un mirage mental pour lequel mon intuition tentait de flirter avec ma raison. Hélas, ce rapprochement n'était jamais atteint, car il demeurait au stade de l'illusion.

— Je comprends tout à fait ce que tu me dis. Alors, mon fils si obstiné et si têtu, pour qui j'aurais été si aimante et si exigeante, j'ai bien envie de te faire remarquer que toutes nos certitudes ne sont pas forcément des vérités. Je suis convaincue que ta vision des événements a évolué désormais. Il en est ainsi de cette persistance d'une forme de vie après la mort ; tu es bien obligé d'y croire maintenant !

© Didier Kimmel[38]

---

[38] Didier Kimmel (qui aurait pu signer Mike Mildired !) est l'auteur de deux romans :
- *Les roses bleues – Si aimer pouvait se conjuguer au pluriel*
- *Je ne serai jamais loin de toi*

Les avatars d'un génie
Hommage à Romain Gary

Qui est Romain Gary ?

Frann Bokertoff

(France)

© Laurent Desvoux-D'Yrek

Son nom déjà porteur, digne d'une légende…
Mi-homme, mi-héros, il porte en lui le feu
Le récit de sa vie se fond avec la grande
Histoire et pour sa mère, il est l'égal d'un dieu

Dans Romain, il y a Roman évidemment
Quant à moi, j'entends Rom, un mot qui signifie
« Homme » pour ces gens-là qu'on appela longtemps
« Gens du Voyage » et qui… sont épris comme lui

D'aventure et de liberté ! Romain Gary
Dont le prénom peut nous sembler prédestiné
Si nous considérons sa profusion d'écrits.
État-civil ? Kacew ou Katsef … Il est né

En l'an mille neuf cent quatorze en Lituanie
D'un père géorgien aux racines tatares,
Et sa mère Mina venait de Święciany…
Reniant son père, il prétendait être bâtard

Et fils caché de l'acteur Ivan Mosjoukine
Présent dans La *Promesse de l'aube* et connu
Pour son talent et ses conquêtes féminines
Aurait-il de Mina les faveurs obtenu ?

L'empire était alors gouverné par oukases
Parlant polonais, russe, yiddish et l'hébreu
Les parents de Roman étaient juifs ashkénazes
Le couple, cependant, n'était pas très heureux.

En mille neuf cent quinze, ils furent expulsés ;
Dans ses livres, Romain évoque ses voyages
En train et en traîneau avec la traversée
De la Russie, et des rencontres de passage…

En mil neuf cent vingt-cinq le couple se sépare
L'enfant a vu la mer pour la première fois.
Simple coïncidence, jeu de mots, hasard ?
Face à face la mer, la mère et l'enfant roi !

En vingt-six, tous les deux s'en vont à Varsovie
Puis émigrent en France, à Menton et à Nice
Où travaillant au noir, Mina gagne sa vie
Persuadée qu'un destin glorieux attend son fils.

Elle rêve : il sera écrivain… diplomate…
Il est reçu au bac philo en trente-trois
Romain écrit très bien, mais n'est pas fort en math
Il obtient en trente-huit sa licence de droit.

Et passe l'essentiel de son temps à écrire
Sa nouvelle *L'Orage* paraît dans *Gringoire.*
D'abord mobilisé comme instructeur de tir
Il entre en Résistance et se couvre de gloire

Sous le nom de Gary, qui à l'état civil
Devient son patronyme et son nom d'écrivain :
De *La Promesse de l'aube* ainsi en fut-il
Jusques à la publication de *Gros Câlin*

Écrit sous le nom de plume d'Émile Ajar
Émile, Romain, Gary forment une énigme
Est-ce encore une fois le seul fruit du hasard ?
Et mille autres questions sur ces deux pseudonymes

Lorsqu'on sait qu'en russe Gary veut dire : brûle !
Et Ajar : braise, alors, on peut penser qu'en somme
Émile à l'origine signifiant émule
Gary abrite en lui l'ardeur d'au moins deux hommes

Brûlant de mille feux, partout et nulle part
Ils sont un seul en deux ou plutôt deux en un
Sosie et Amphitryon : Gary et Ajar
Ils ont tout en commun, mais loin d'être communs

Sur le plan littéraire , ils s'affrontent en duel
Célébré et récompensé chacun son tour
En cinquante-six pour *Les Racines du ciel*
Puis *La Vie devant soi* avec le prix Goncourt.

Tel était cet homme dont le prénom Roman
Contenait à lui seul toute l'humanité
Comblant les rêves les plus fous de sa maman
Et laissant toute une œuvre à la postérité :

Éducation européenne, Europa
La promesse de l'aube, Lady L, Johnnie Cœur
L'Angoisse du roi Salomon, Sergent Gnama
Les Trésors de la Mer Rouge, Les Enchanteurs

Les Mangeurs d'étoiles, Tulipe, Clair de femme
Couleurs du jour, Le Grand vestiaire, Cerfs-Volants
Les Oiseaux vont mourir au Pérou, Charge d'âme
Pseudo, Les Clowns lyriques, ou encore *Chien blanc*

Police Magnum, Les Têtes de Stéphanie
Le Vin des morts, Gloire à nos illustres pionniers
Adieu Gary Cooper et *Le Sens de ma vie*
Vie et mort d'Émile Ajar, La Bonne moitié !

Soudain *À Bout de souffle, La Tête coupable*
Entre en scène *L'Homme à la tête de colombe*
Disant après [39]: *Votre ticket n'est plus valable*
Au-delà de cette limite est le vieux monde !

C'est alors que surgit le troisième avatar
Shatan Bogat, furieux qu'on ne l'ait pas cité
Lui, Satan le riche, l'auteur d'un bon polar
Politique, et pourtant très peu sollicité

Et Fosco Sinibaldi, « Le Sombre » en italien
Le quatrième avatar de Romain Gary.
Se croyant oublié, il veut renouer les liens
Qui l'unissent à Satan et fait le pari

Que l'auteur ubique paiera de sa personne
Le fait de les avoir écartés tous les deux
Il pourra se demander pour qui le glas sonne
Et tout comme Hemingway périra par le feu.

---

[39] Dix ans après.

Afin de mettre leur plan à exécution
Shatan roi des Enfers et son complice Sombre
Conscients d'entraîner leur propre disparition
Mandèrent le soutien par le peuple des Ombres

L'un d'eux se glisserait dans l'esprit de Romain
Pour lui dicter : « Homme, brûle-toi la cervelle »
Cependant qu'un dibbouk s'emparant de sa main
D'un coup ! lui ferait fuir le monde des mortels

Quand Delphine Horvileur dans un livre raconte :
Il n'y a pas de Ajar, est-ce par hasard
Si Paul Pavlovitch, lui, pense qu'en fin de compte
Avatars ou réels, réels ou avatars

...   *Ils sont tous immortels !*

© Frann Bokertoff[40]

---

[40] Présidente du jury du concours de Poésie sous l'égide de STOP A L'ISOLEMENT, Frann BOKERTOFF, romancière, nouvelliste et poétesse, est certifiée de Lettres Modernes, membre de la Société des Gens de Lettres et de la Société des Poètes Français, de l'Association des Écrivains Combattants et du Verbe Poaimer. Lauréate d'un prix des nouvelles et de plusieurs prix de poésie, elle vient de publier son dixième roman, *Le 3e Charme,* aux éditions Unicité.

La valse des masques

Bélinda Ibrahim

(Liban)

© Sandrine Mehrez Kukurudz

– Tiens, tiens, mais qui voilà ! Mon cher Émile Ajar en personne. Ou devrais-je dire mon autre moi-même, mon double littéraire sorti tout droit de mon imagination fertile ?

– Monsieur Gary, quelle surprenante rencontre ! Je ne m'attendais pas à croiser mon créateur en chair et en os, ici même, dans ce café parisien où je pensais être à l'abri des regards indiscrets.

– Allons, mon cher Émile, vous savez bien que rien n'est jamais laissé au hasard avec nous. Notre existence même est le fruit d'une brillante manipulation, d'un jeu de miroirs savamment orchestré.

– Il est vrai que vous m'avez façonné de toutes pièces, tel un Pygmalion des temps modernes. Vous m'avez insufflé la vie par la magie de votre plume, m'offrant une identité, une voix, un destin hors du commun.

– Et quel destin ! Celui d'un écrivain prodige, adulé par la critique, couronné par le prestigieux Prix Goncourt. Moi qui pensais que jamais ils ne se laisseraient prendre une seconde fois à ce jeu de dupes…

– Vous avez pris un malin plaisir à les mystifier, à brouiller les pistes avec une habileté diabolique. Vous m'avez propulsé sous les feux de la rampe, me faisant endosser le rôle de l'auteur triomphant, tandis que vous, Romain Gary, restiez dans l'ombre, savourant secrètement votre victoire.

– Que voulez-vous, j'avais un compte à régler avec ces critiques qui m'avaient enterré un peu trop vite. Je voulais leur prouver que le vieux lion avait encore des tours dans son sac, qu'il pouvait se réinventer et conquérir à nouveau les cimes de la gloire littéraire.

— Mais à quel prix, monsieur Gary ? Vous m'avez certes offert la consécration avec *La Vie devant soi*, mais vous avez aussi fait de moi un imposteur, condamné à porter éternellement le masque d'un autre. Un fantôme de papier, sans véritable existence.

— Ne soyez pas si dramatique, mon cher Émile. Nous ne sommes tous que des ombres jouant sur la scène du monde. La littérature est notre plus belle imposture, notre plus magnifique tentative d'échapper à nous-mêmes.

— Il n'empêche que j'ai dû envoyer votre neveu Paul en première ligne pour donner le change, pour incarner cet Émile Ajar que tout le monde réclamait. Le pauvre garçon n'a pas démérité, mais il n'était qu'un pion dans notre subtile partie d'échecs.

— Nous avons tous souffert pour être reconnus, pour exister aux yeux du monde. Moi, le premier, qui ai dû endosser tant de déguisements au fil de ma vie. Émile Ajar n'est qu'un masque de plus dans cette valse des identités.

— Un masque qui vous a permis de vous moquer de ce milieu littéraire que vous jugiez si sévèrement. De prendre une revanche éclatante sur tous ceux qui vous avaient sous-estimé ou maltraité.

— Je ne le nie pas. Mais au-delà de la farce, il y avait aussi une quête plus profonde. Celle d'un homme cherchant désespérément à se réinventer, à échapper à l'image que les autres avaient de lui. En vous créant, j'ai tenté de me libérer de moi-même.

— Et vous avez réussi, d'une certaine manière. À travers moi, vous avez exploré de nouveaux territoires littéraires, vous avez fait entendre une voix différente, plus jeune, plus impertinente. Vous avez prouvé que Romain Gary avait encore bien des choses à dire.

— C'est vrai, mais en jouant ainsi avec les identités, je ne savais plus qui j'étais vraiment. Romain Gary, l'écrivain consacré, mais vieillissant ? Émile Ajar, l'étoile montante des lettres ? Ou un être insaisissable, condamné à se chercher éternellement ?

— Nous étions les deux faces d'un même miroir brisé. Deux facettes d'une personnalité complexe et tourmentée, qui se renvoyaient à l'infini la même image trouble. Personne n'en est sorti indemne, ni vous, ni moi.

— La gloire a décidément un goût amer. Mais qu'importe, nous aurons bien ri ! Et semé un sacré chaos dans ce petit monde des lettres, si sûr de lui et de ses certitudes. Rien que pour cela, ça valait la peine de se lancer dans cette folle aventure.

— Vous avez raison. Trinquons à nos Goncourt, à nos vies rêvées, à tous ces personnages qui peuplent notre imaginaire ! La littérature aura été notre plus belle escroquerie, mais aussi notre plus fidèle compagne.

— À nous deux, mon cher Émile ! Puisse le spectacle continuer encore longtemps, pour le plus grand plaisir des lecteurs et la plus grande confusion des critiques !

— Et que nos mots restent à jamais gravés dans les mémoires, comme autant de témoignages de cette étrange alchimie qui unit un écrivain à ses créatures de papier. Car au fond, c'est peut-être cela, la véritable immortalité…

© Bélinda Ibrahim[41]

---

[41] Cheffe du service culturel Ici Beyrouth. Éditrice, Journaliste, Auteure et Peintre. Ambassadrice de Rencontre des Auteurs Francophones au Liban.

Les avatars d'un génie
Hommage à Romain Gary

Comme un Roman

Max Vanger
(France)

Rêver, rêver d'être un autre, d'échapper à soi-même.
Oser l'amour, la compassion, l'humour du désespoir,
Même si la promesse de l'aube ne se tiendra jamais,
tenir son rôle, à la lettre.
Apprendre à se battre, à écrire, à exaucer sa mère, entre
l'absence de l'un, et l'excès de cet autre.
Infatigablement, se changer en héros, du haut de son
avion lancer les cerfs-volants.
Ne jamais oublier les racines du ciel, que l'on soit russe,
américain, français ou polonais,
Goncourt, humaniste, polyglotte, diplomate croix de la
libération, refuser le solennel.
Amoureux sentinelle de la féminité, prônant la
féminisation du monde,
Romancier, danseur, visionnaire de nos sociétés, de
l'empoisonnement du vivant,
Yiddish sous les braises, bâtard juif russe, mâtiné de
Tartare jouant les enchanteurs.

Élégant voyageur, guidé au clair de femme, croquant les
mangeurs d'étoiles.
Mina l'avait bien dit ! Tu seras écrivain, ambassadeur de
France à la Légion d'honneur.
Il y eut aussi Jean… Lady L., les amours mégalomanes,
volant vers d'autres, impossibles à sauver.

Le respect, l'adoration, les vertus féminines, leurs influences jusqu'à la mère Zoubida,
Et qui rendront tant d'autres étreintes pareilles à des condoléances. À des maisons, closes.
Adieu Gary Cooper, bonjour l'angoisse du roi Salomon. Pour l'homme prisonnier d'une image,
Jusqu'où brûler Gary ? Fallait-il les braises d'un Ajar pour geler la tiédeur de la notoriété ?
Avoir la vie devant soi, même pour les résistants, n'empêche pas de se casser le nez.
Romancer la mort, la fraternité, la liberté, l'humanité de l'éducation européenne,

Raconter la vie, en ayant le malheur de s'identifier aux animaux, du chien blanc au boa.
On les aura, la bêtise, la petitesse, on y arrivera, oui, mais dans quel état ? L'humour toujours,
Mêler la dérision aux droits de l'homme, à la défense, de l'environnement, déjà. Jongler, encore.
Afficher que les romans sont plus importants que l'existence, qu'une perfection est possible.
Ne pas négliger qu'une œuvre d'art est par essence imparfaite, alors, en théâtraliser la vérité.
K.O. pourtant, ils seront nombreux à l'être, car l'échec est l'éternelle compagne de l'artiste
Avant de rencontrer le jongleur ultime, celui qui change les couleurs du jour, l'homme fabuleux,
Caméléon, éléphant marginal, capable d'un seul gros câlin d'en façonner les clowns lyriques.
Et si l'ultime balle du jongleur demeure inaccessible, le romancier, lui, reste, capable d'en loger un

Wagon… au fond de sa tête, là, où s'expriment et meurent toutes les histoires, tous les Roman.

Un poème en vers libre,
car vous ne buviez pas.
Un libre poème en vers
vous, que l'on n'enfermait pas.

© Max Vanger[42]

[42] Né entre l'Espagne et les Pyrénées-Orientales, Max Vanger vit actuellement en Provence. Après avoir exercé divers métiers, dont journaliste et reporter, en France et à l'étranger, il se consacre aujourd'hui entièrement à l'écriture. Papillon de Cendre est son premier thriller ésotérique.

Rachel

Patricia Raccah
(France)

© Patricia Raccah

« J'ai l'impression d'avoir été vécu par ma vie, d'avoir été objet d'une vie plutôt que de l'avoir choisie. » Romain Gary, *Le sens de ma vie.*

147

Petit matin pluvieux. Rachel sonna à la porte de Pavel, mais celui-ci ne lui répondit pas. Elle n'en fut pas surprise outre mesure : sans doute devait-il encore dormir avec l'une de ses nombreuses conquêtes. Pour ne pas le déranger, il ne lui restait plus qu'une chose à faire : attendre. Et comme le froid était particulièrement vif ce matin-là, elle se réfugia dans la voiture qu'il garait dans sa cour et dont les portières n'étaient jamais fermées à clé.

Venir jusqu'ici était un vrai parcours du combattant. En partant de chez elle, il lui fallait tout d'abord prendre le métro, puis un autobus, et enfin marcher à pied sur une assez longue distance, pour finalement accéder à cette grande bâtisse dont l'architecture était proche, dans la façon dont les espaces étaient agencés, à celle d'un bateau. Mais un bateau sans âme. Avec un intérieur sans fantaisie. Immanquablement, au bout de quelques heures passées dans ce lieu, elle ressentait une sensation de froid, sans doute due au manque de chaleur qui caractérisait cette maison un peu trop grande qui sans vouloir être minimaliste se caractérisait par un manque de décoration et à un ameublement exclusivement fonctionnel et dépourvu de toute touche personnelle.

Pavel était un collectionneur de livres pour enfants. C'était en grande partie sa mère qui lui procurait les ouvrages, de très beaux albums illustrés qu'elle lui envoyait de Russie. Celle-ci, autoritaire et acariâtre, était elle-même semblable à un personnage de roman. Rachel travaillait encore chez Pavel, lorsque celle-ci décida de quitter définitivement la Russie pour venir s'installer chez son fils. L'atmosphère déjà lourde qui régnait dans la maison en devint d'autant plus pesante. Ou comique, par moments, lorsque la mère se faisait un peu trop despotique.

Si la mère était une sorte d'archétype des « babouchka » russes, la fille de Pavel, la petite Nastia, fut pour Rachel une révélation de ce que pouvait être une enfant de trois ans. Elle était parfaitement bilingue et possédait une intelligence exceptionnelle, de sorte que les conversations avec elle tournaient en réflexion philosophique qui semblait transcender son quotidien d'enfant. Rachel, qui eut l'occasion de la voir à plusieurs reprises lorsqu'elle se trouvait chez son père, se sentit plus d'une fois en situation d'infériorité face à elle. Son regard, ses mots, tout cela était troublant, comme émanant d'un ailleurs lointain.

Quelques mois auparavant, Pavel, qu'elle avait rencontré chez ses amis estoniens, lui avait proposé de travailler pour lui. Il s'agissait de référencer les différents ouvrages qu'il possédait, de réaliser une petite fiche pour chaque livre et de préparer aussi des affiches pour une exposition qu'il voulait organiser pour faire connaître la littérature russe pour la jeunesse.

C'est chez Pavel qu'elle avait pu croiser Olies. Celui-ci, un jeune homme doux et rêveur, était le fils de

Leonid Pliouchtch[43]. Grâce à lui, elle avait pu aussi rencontrer son père et c'est de ce dissident si connu qu'elle reçut des conseils pour la rédaction de son mémoire sur *La Mer de Jouvence*, roman d'Andreï Platonov. Elle garde encore dans sa mémoire le souvenir irréel de cet homme chétif, affaibli, répondant avec une grande amabilité à ses questions.

Rachel était originaire de Tunis. Elle était venue cinq années auparavant à Paris pour y étudier la langue russe aux Langues'O. C'est sa professeure de français du Lycée Carnot de Tunis qui avait organisé son voyage et qui avait procédé à une inscription tardive dans cette université. Cette femme faisait sans doute partie de ces personnes, rares et précieuses, conscientes du rôle qu'elles peuvent jouer dans le parcours d'un jeune. Elle avait compris qu'il fallait aider Rachel à quitter la Tunisie pour lui offrir d'autres perspectives.

Aux Langues'O, Rachel avait été initiée à la lecture d'auteurs russes et soviétiques. Et elle avait aussi (et surtout) fait une rencontre déterminante en la personne du professeur de langue et civilisation estoniennes qui y enseignait et qui serait son compagnon durant cinq années. En plus de ses cours à l'université, il avait entrepris de traduire en français des écrivains et des poètes estoniens. Il l'associa à ce projet,

---

[43] Leonid Pliouchtch est un mathématicien et dissident soviétique. Ardent défenseur de la cause ukrainienne, il fut interné en 1972 dans un hôpital psychiatrique pour « menées antisoviétiques » où il subit les pires sévices, tant physiques que psychologiques.

---

ce qui renforça leur relation déjà nourrie par l'immense affection qu'ils avaient l'un pour l'autre.

Cette rencontre eut pour effet de la projeter hors de sa propre culture. Et elle se sentait souvent plus concernée par la cause estonienne ou par le sort des dissidents russes que par ce qui pouvait concerner la diaspora juive tunisienne.

Oui, sa venue en France et sa nouvelle vie l'avaient éloignée de ses racines et elle était heureuse de pouvoir se projeter dans d'autres réalités culturelles. Comme on pourrait se sentir allégé en déposant un manteau dont le poids sur les épaules deviendrait un peu trop pesant.

Perdue dans ses pensées, elle n'avait pas vu s'approcher un homme.

– Que faites-vous dans cette voiture ? lui demanda-t-il. Pavel n'est pas là ?

L'homme avait une cinquantaine d'année. Il était venu rendre visite au collectionneur sur le conseil d'un ami commun pour lui présenter des projets qui pourraient l'intéresser. Il se présenta à elle. Il s'appelait Gyüri et il était hongrois.

Pavel, qui avait sans doute entendu les voix au bas de chez lui, vint leur ouvrir.

Gyüri se présenta. Il leur dit qu'il était en France depuis quelques jours et qu'il était hébergé chez Pál, réfugié de 56[44] comme lui. Il sortit de son attaché-case

---

[44] Révolution hongroise de 1956.

une série de dossiers et une discussion s'ensuivit entre eux autour de ses inventions.

© Patricia Raccah

Il leur dit aussi qu'il venait de Hambourg et qu'il était en route pour le Costa Rica. Son bateau, le *Youlichka*, était resté en Allemagne où se trouvaient

152

encore ses deux filles. Il justifia son choix pour cette destination.

— Le Costa Rica n'a pas d'armée et consacre une grande partie de son budget à l'enseignement. Aucun pays n'arrive à l'égaler sur ce point.

Rachel l'écoutait, impressionnée par tout ce qu'il disait. La vie de cet homme semblait avoir été vraiment tragique. Elle-même avait été à maintes reprises sensibilisée aux récits faits par des dissidents russes ou ukrainiens… Et elle avait vécu plusieurs années avec un homme apatride, parce que né dans une République indépendante, l'Estonie, devenue après son départ République soviétique. Elle savait combien parfois la petite histoire vient croiser la grande. Et combien sont précieux ces récits qui apportent aux contenus souvent froids qui nous sont habituellement rapportés une épaisseur et une consistance toute particulières.

L'homme parla de son enfance à Dombovár.

— Les Allemands nous ont mis dans un camp de concentration parce que nous avions caché chez nous une famille juive. Nous étions en file indienne et ils abattaient une personne sur dix. Moi, j'étais dans les bras de ma mère. À la libération, les Russes nous ont remis dans un camp parce que nous avions des origines allemandes. Pas étonnant qu'à huit ans, je n'aie plus eu aucune illusion sur l'humanité.

Il évoqua aussi la guerre d'Algérie.

— Après la guerre, nos biens ont été confisqués. Nous avons été séparés de nos familles et j'ai été placé, comme beaucoup de garçons hongrois, dans un lycée militaire. Quelques années plus tard, nous étions donc tout à fait opérationnels pour combattre en Algérie. Le gouvernement français nous a attirés en nous promettant des études… Évidemment, il n'y a rien eu de tout cela. On nous a envoyés là-bas avec des fusils. Et moi qui rêvais de devenir aviateur, je n'ai fait qu'être sans cesse expulsé des avions, projeté dans les airs avec un parachute sur le dos.

Devenu légionnaire, parachutiste, tireur d'élite, il avait été emprisonné, torturé, avait connu les geôles françaises et algériennes et avait été incarcéré pour refus d'obéissance à l'armée française dans une prison où se trouvait notamment Houari Boumediene, chef de l'État-major général de l'Armée de Libération nationale devenu Président de l'Algérie indépendante.

Il roulait les « r » en s'exprimant, ce qui donnait un peu de rondeur à ce qu'il disait. Et, de fait, il ne semblait pas spécialement impacté par toutes les épreuves endurées.

– Tu ressembles beaucoup à une jeune algérienne que j'ai connue là-bas, dit-il.

Cette ressemblance semblait avoir un sens pour lui. Et il dit à Rachel qu'il lui téléphonerait en fin de semaine.

Le chemin de Rachel venait de prendre une nouvelle direction. Parce que cet homme allait renoncer à son bateau, le *Youlichka*, à son voyage pour le Costa Rica, et qu'il allait devenir le père de ses trois enfants.

Mais, pour Rachel, les vingt-cinq années passées à ses côtés ne permirent à aucun moment de dissiper le voile qui obscurcissait son passé. D'où venait-il vraiment ? Pourquoi n'avait-il pour tout bagage qu'une mallette contenant des dossiers et une poche plastique avec quelques affaires personnelles ? Pourquoi avait-il disparu sans donner le moindre signe de vie aux membres de sa famille ? Aussi il n'avait-il jamais confié, ni à Rachel ni à leurs enfants, le nom qu'on lui avait attribué lorsqu'il avait intégré la Légion étrangère[45]. Et n'avait pas non plus tenté d'expliquer les « trous noirs » de sa vie. Il avait juste évoqué *« une période d'amnésie »*, un passeport algérien obtenu durant ces années, un autre prénom qui y figurait…

Lorsque Gyüri mourut, il emporta avec lui tous ses secrets. Rachel et ses enfants avaient alors imaginé en apprendre davantage en essayant de retrouver sa famille et ils s'étaient rendus en Hongrie, à Dombovár. À leur arrivée dans l'hôtel qu'ils avaient réservé, la sœur de Gyüri, ses nièces et leurs enfants étaient là à les attendre et c'est ensemble qu'ils se rendirent dans la maison où il avait grandi et qui avait été transformée en école maternelle. C'est autour d'un des arbres de la forêt de son enfance que Rachel dispersa ses cendres. Geste qui fut pour elle hautement libérateur. En rendant Gyüri à la terre de son enfance, la boucle pouvait être bouclée.

Pour la famille hongroise subsistaient aussi de nombreuses zones d'ombre auxquelles ils auraient bien

---

[45] La Légion étrangère a pour coutume de modifier l'identité et le nom des personnes qu'elle recrute.

voulu obtenir des réponses. Mais ils ne purent que mutualiser leurs questionnements respectifs.

Peut-être certaines vérités ne peuvent-elles ou ne doivent-elles pas être révélées ?

Pour ces différentes raisons, il était encore difficile à Rachel d'évoquer la vie de cet homme qui avait pourtant partagé plus de vingt-cinq années de sa vie. Qui aurait pu la prendre au sérieux si elle évoquait les camps de concentration, la Légion étrangère, la prison, la torture ? Comment ne pas passer pour une affabulatrice, une mythomane ? Alors, elle ne parla de tout cela à personne et accepta de garder en elle un secret dont elle ne savait rien.

Il est sans doute vrai que ces hommes caméléons ont besoin de femmes capables de supporter l'irrésolu, les zones d'ombres, leurs parts manquantes. Et ayant développé une sorte de capacité à déceler l'inhabituel ou le singulier sans chercher à propager ou à divulguer l'objet de leur découverte.

Pour échapper à l'isolement familial qui avait marqué les premières années de sa vie, Rachel avait déployé un sens aigu de l'acceptation de l'autre et une reconnaissance totale pour ceux qui lui permettraient d'ouvrir en quelque sorte une brèche sur un ailleurs inexploré, une zone inconnue et qui lui dévoileraient un fragment du mystère de la vie.

N'était-elle pas partie en quête d'autres vies allant jusqu'à interroger, alors qu'elle avait tout juste seize ans, des gens dans la rue, pour mieux s'imprégner de ce qui pouvait être une certaine réalité du monde ? Elle écrivait alors :

— Je suis vieille de la somme de leurs âges. Je suis riche de la somme de leurs vies.

Ne s'était-elle pas aussi, plus tard, plongée dans sa propre fiction, utilisant mille et une ruses pour pouvoir aller chercher ailleurs ce qui ne pouvait en aucune façon être contenu en elle ?

Celui qui diffère de moi, loin de me léser, m'enrichit avait justement écrit Antoine de Saint-Exupéry qu'elle avait tant aimé pour sa capacité à associer exploration et introspection.

Un seul habit ne suffisait certes pas pour explorer les diverses facettes du monde.

C'est ainsi qu'elle-même se délesta progressivement de son identité d'origine. Elle devint *Rachel* pour revisiter le prénom de sa grand-mère maternelle et de sa tante, la sœur de son père. Elle eut envie de redonner vie à ce prénom déjà habité, voulut se l'approprier jusqu'à faire de sa vie une fiction digne d'elle, et transformer son prénom réel en identité secondaire n'ayant plus qu'une utilité fonctionnelle.

Rachel constituait déjà un déplacement possible d'une identité à une autre, un refuge pour mieux se percevoir en tant qu'étrangeté, et ce faisant, pour mieux entrevoir les possibilités réelles de réalisation de soi lorsqu'on se libérait du joug de sa propre peau, de sa propre définition de soi, lorsqu'on s'offrait un corps caméléon capable de s'incarner et de se désincarner pour accéder à la perception plus fine d'un soi accordé à l'autre, en harmonie.

On se construit par strates successives. Puisque ce qui nous caractérise est bien notre incomplétude, aller à la découverte d'autrui sans aucun préjugé préalable, c'est s'autoriser à une capacité d'émerveillement et d'enchantement et se donner toutes les chances de permettre à l'autre de déposer en nous le petit plus que nous n'avons pas.

On est tous en chemin vers ce qu'on peut encore être et cela implique forcément de quitter ce qu'on était, écrit Delphine Horvilleur dans son livre *Il n'y a pas de Ajar.*

Il n'y a pas de Ajar, et souvent plus que deux Gary, pourrait rajouter Rachel.

Se démultiplier à l'infini, secret de Shéhérazade pour ne pas mourir et pour transformer l'horreur annoncée en un enchantement quotidien.

Rachel comprit d'instinct que les prénoms étaient comme des portes d'entrée, des accès intimes à l'histoire que chacun porte en soi. Si comprendre, c'est prendre avec, modifier son identité, bien plus qu'un jeu, revient à s'immiscer dans la vie de l'autre, à changer de peau, à devenir l'autre que l'on n'est pas, mais qui, bien mieux que nous, nous révèle.

Alors, durant plusieurs années, Rachel poursuivit une correspondance en signant chaque nouvelle lettre d'un prénom différent, celui de la personne qu'elle cherchait à approcher, à incarner. Chaque prénom lui offrait une nouvelle existence, un nouvel habit plus riche que le sien, plus spacieux que le précédent.

Elle devint tour à tour Julie, Sarah, Violette, Léa, Laura, Virginia, Ana, Carole, la Vénus noire, Poudre d'Or, Jais, Monika, Marie….

Et Patricia, qui, dans cette quête infinie, s'était un peu oubliée, oubliée, écrivit ce poème.

Identités Plurielles

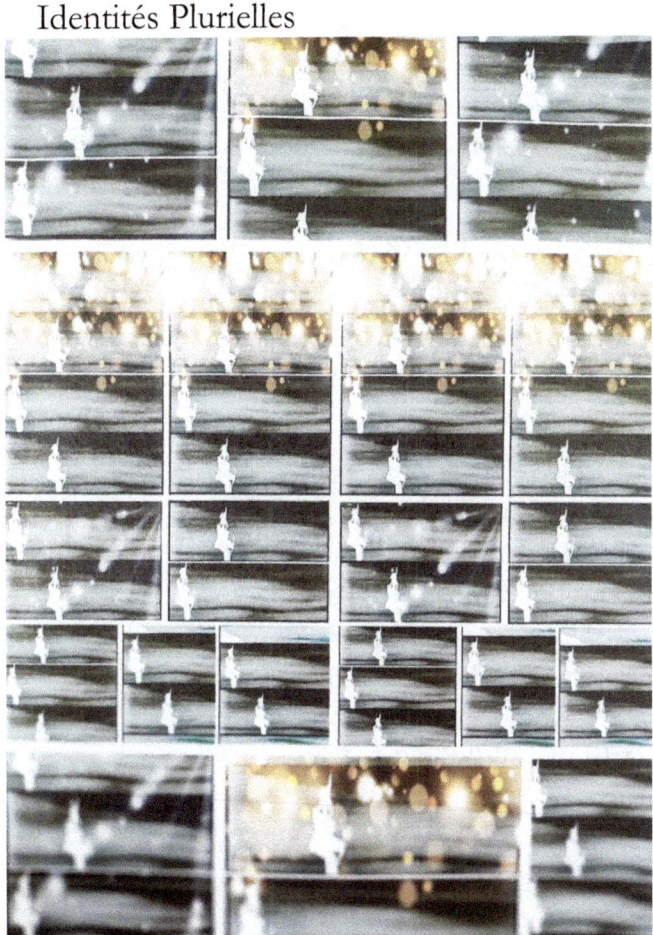

© Patricia Raccah

C'était il y a bien longtemps,
Tu voulais savoir qui j'étais
Et me demandais, intrigué,
De te parler de moi.

Qui es-tu, toi que voilà ?

Je suis le vent.
Je suis la pluie.
Je suis tout et son contraire.
Je suis mille chemins dans la brume
Mais pas ceux que tu imagines.

Alors,

Il te parlera de tes vies.
Il énumérera tes pays.
Il te nommera d'autres langues.
Il oubliera ton origine.
Il te rappellera tes attaches.
Il chantera ta mythologie.
J'étais alors trop pleine de moi-même
Pour pouvoir dire qui j'étais
Et préférais aller sautillant
Au cœur même de la vie.

Qui es-tu, toi que voilà ?

Je suis l'ombre qui s'étire
Égarée dans le ballet
D'autres silhouettes
Toutes grandes et belles

Qui s'allongent dans la terre.

Alors,

Il parlera de toi au pluriel,
Bousculera tes habitudes,
Détaillera tes attitudes,
Transformera tes certitudes,
Te dessinera d'autres contours,
Sans limites ni frontières.

M'enfonçant plus encore dans la vie,
Je me suis détachée du monde
Des masques et des apparences
Pour un peu plus de vérité.

Qui es-tu, toi que voilà ?

Je suis l'enfant devenue multiple,
Le pluriel créant une unité
Scindée en mille possibles
Pour propager l'irrésolu
Et l'associer à l'imprévu.

Alors,

Il rappellera à ton souvenir
Un monde aux portes closes
Où des inconnus se sont brûlés les ailes
À trop vouloir exister
Exposés aux rayons meurtriers
D'une identité calcinée.

Dans un nouvel élan
Reconnaissant mon origine
Et acceptant mes racines
Je me suis racontée.

Qui es-tu, toi que voilà ?
Je suis identité métisse.
Je suis intégrité révélée.
Déclinant les possibles
D'une appartenance ajustée
À toutes les différences.

Alors,

Il évoquera tes contours
Et le monde de tes rêves
T'offrira des prénoms
Aux couleurs extensibles
Déploiera la palette
De tes visages bariolés.

Un jour enfin
Libérée de toute chaîne
Et offerte aux souffles divers,
Je me suis acceptée.

Qui es-tu, toi que voilà ?

Je suis l'eau je suis la brume.
Je suis la source le soleil le vent.
Je suis la dune qui s'étire lentement.
Je suis l'ombre et la lumière
Ou bien la lune qui se cache si souvent.

———

Alors,

Il te contera un monde
Aux couleurs bigarrées
Et évoquera les déesses
Se transformant sans cesse
Pour habiller l'espace
De leur consentement.

© Patricia Raccah[46]

---

[46] Écrire, c'est rejoindre l'autre dans un acte solitaire. Mon métier de professeure auprès d'enfants en situation de handicap m'a appris l'altérité, la générosité et le partage et a affiné ma façon de percevoir le monde. J'écris pour ne pas passer à côté de moi-même. J'écris aussi pour ne rien perdre de la richesse humaine qui m'entoure.

Avatars magiques

Aby M'baye
(États-Unis)

© Pleine Lune du 24 mars 2024, photo Aby Golden Lady B

Tremblements de lune et Tempête de Soleil
La nuit sera calme, je te le promets
Les mangeurs d'étoiles nous rejoindront avec *Chien Blanc*
Les clowns lyriques nous inviteront pour un tango falmenco avec *les Cerf volants*
La danse de Gengis Cohn nous plongera dans *les Trésors de la mer Rouge*
Tremblements de lune et Tempête de Soleil
La Promesse de l'aube nous montrera où sont *Les racines du ciel*
Gros-Calin criera « *Adieu Gary Cooper*! » sous un Clair de femme
Émile et Romain auront toujours *La vie devant soi* avec eux
Mais malheureusement *Au-delà de cette limite votre ticket n'est plus valable.*

©Aby M'baye[47]

---

[47] Artiste multifacettes, poète mais aussi photographe, elle a publié *New York Poets.*

L'élégance est une soustraction

Gérard Laffargue

(France)

© Anna Alexis Michel - Exit

L'élégance est une soustraction qui dure toute la vie
On y dérape
On s'y dérobe
On s'y brûle
C'est la marge de nos désirs perdus
C'est l'Arche de nos animaux sauvages
Ni miroir ni nostalgie
La clarté simple et sophistiquée d'une femme est
suffisante
D'ailleurs les parfums font très bien ça tout seuls avec
le nez des autres
et l'alchimie des sentiments
C'est qu'il faut partir de très haut
Pour qu'il en reste quelque chose à la fin
Sur le Boulevard Saint-Germain.

À cette époque en lisant Romain Gary
je prenais mes cigarettes pour de la réalité
J'achetais le New York Herald Tribune
à une Jeanne d'Arc américaine
Chez Lipp je voyais fondre la Baltique
dans le bocal des harengs pomme à l'huile
J'ai souvent piétiné le tarmac de la Rue du Bac
en regardant le ciel apercevant parfois
un blouson d'aviateur accroché aux nuages
En passant devant les Laines Ecossaises
j'avais repéré une robe de chambre au tartan rouge
Royal Stewart
elle attendait son dernier Browning
Avec élégance

———

En lisant Romain Gary
J'avais appris qu'il ne fallait pas retarder l'envol
pour prendre de l'altitude.

© Gérard Laffargue[48]

---

[48] Auteur du recueil *HAÏKULOGY* préfacé par Catherine Césarsky et de *Paysages Perdus*, préfacé par Florence Viala, Sociétaire de la Comédie Française, poèmes avec des Encres de Raghda Hamzawi. Éditions Le Livre d'Art.

Au bal des hommes
V. Maroah
(France)

© Anna Alexis Michel – Reflet

« On est ce qu'on est, en partie tout au moins. »
Samuel Beckett. <u>*Molloy*</u>

Sur ma peau son doigt a couru
Traçant les lignes de mon destin
L'échine se creuse quand son souffle me frôle
Et mon cœur se contracte de soudain palpiter
Je suis né.

Je te promets le monde
Le monde comme une offrande
À l'aube du miracle de ton existence
Qui es-tu
Mon enfant mon bonheur

Je suis celui que tu veux
Promis à ton rêve d'avenir radieux
Dans la paume de ma main
Tu dessines mon lendemain.
Je serai qui je voudrai
Et jetterai le monde à tes pieds
Pour dissiper tous tes chagrins.

Je te promets le monde
Tel que je l'ai rêvé
Dans l'aube claire qui déterre tous les mystères
Qui seras-tu
Mon enfant ma lumière

Au bal des hommes j'avance masqué
Être moi déguisé en un autre
C'est ma façon d'exister.

Je t'ai promis le monde
Tel que je l'ai désiré
Et tout ce que je n'avais pas je te l'ai donné
Qui deviendras-tu

Mon enfant ma flamme

De brûlure et de braise j'embraserai
Chaque version de moi-même
À l'aube revenue, ma mère, je te rendrai
Tout ce dont la vie t'a privée.
Et tel un musicien virtuose
Je composerai les multiples scénarios de ma vie
J'en jouerai tous les rôles, un à un, si je l'ose.

Les jours s'accumulent, strates de temps qui s'empilent
Ne pas vaciller, regarder devant
Ces heures qui s'égrènent ces minutes qui défilent.

Au bal des hommes j'avance masqué
Être un autre déguisé en moi-même
Une façon de me dire.

Je te promets le monde
Tel qu'il n'est pas
Puisqu'à l'aube disparue succède toujours le crépuscule
La nuit des hommes

Les nuits se superposent, lambeaux de temps qui
s'effilent
Ne pas trembler, fermer les yeux
Sur les ombres qui sans bruit se faufilent.

À croire qu'on a *la vie devant soi*
Et pourtant un seul regard en arrière nous dit que…
Que la vie est derrière
Ne pas se retourner alors
Sur ce temps à l'envers
Je sais ces vies trop longues

Qui se languissent de la fin
Comme ces histoires captivantes
Dont on attend le dénouement
Le souffle court le cœur tendu
Dans l'instant suspendu
Je sais.
Et moi je suis captif d'une existence
Qui me dit qui je suis qui me dit
Moi je me délivre d'une conscience
Pour m'inventer à chaque détour de la vie.

Et je te rendrai le monde
Le monde comme une offense
Au soir de ton existence.

Tu te retires du monde
Dans le frisson muet d'une aube saccagée
Un adieu à la vie condoléances et après ?
Où es-tu mon enfant
Mon enfant ma douleur

En terre des hommes tout n'est que fumée
Et la vie se consume dans les mirages du passé
Au jeu des hommes j'ai parfois triché
Parfois triché pour exister.

Au bal des hommes j'avance masqué
Parce qu'être soi ce n'est jamais
Qu'une façon de se taire.

© V. Maroah[49]

---

[49] V.Maroah vit dans le sud de la France. Elle est l'auteur de deux romans, *Les volets clos* et *Je*, publiés aux éditions Red'Active, et de deux novellas autoéditées, *Anna* et *L'insignifiante*.

La bibliothèque de la porte d'à côté

Zeina Fayad

(Liban)

© Zeina Fayad

J'étais encore une enfant, mais j'ai compris très tôt qu'il faut respecter les frontières si on ne veut pas avoir d'ennuis.

Je passais mon temps à lire des livres dans la bibliothèque du quartier. Mme Atma, la bibliothécaire, m'en a recommandé quelques-uns, qui étaient de plus en plus fascinants. En me voyant revenir avec beaucoup d'appétit vers ses étagères, un jour, Mme Atma m'a confié *La vie devant soi* d'Émile Ajar. C'était un livre qu'il fallait cacher des curieux parce qu'il contenait des mots qu'on ne doit pas prononcer fort comme « juif » ou « arabe », ou encore pire « Israël » et « Algérie ». Selon Mme Atma, ce vocabulaire était celui de la discorde et pouvait entraîner des disputes, même dans les bonnes familles.

Dans le fond, ce livre sur une vielle prostituée juive qui adopte un petit enfant musulman né d'un adultère raconte que, si l'on veut aimer des personnes de religions différentes, il faut être capable de mentir pour eux. C'est la seule façon de les protéger et de les garder près de soi.

Mme Atma me dit :

– Dans ces conditions et seulement quand ces personnes sont vraiment les seules sur qui tu peux compter dans la vie, tu mettras de côté les implications politiques et les insultes du passé. Dans le fond, ce sera comme un accord international qui garantit la paix temporairement à condition de fermer les yeux sur certains passe-droits.

Mme Atma est bien gentille, et si elle me confie tout ça, c'est parce qu'elle est heureuse de me faire lire des livres qui me tiendront éloignée de la violence le plus longtemps possible. Je l'aime bien et je ne veux pas vivre dans la violence toute ma vie.

Émile Ajar, c'est en réalité un monsieur qui s'appelle Romain Gary, me dit-elle encore. Il a écrit sous un pseudonyme parce qu'il ne voulait pas qu'on le reconnaisse… Je comprends que cet écrivain est un type bien, qui avait besoin de raconter des trucs. Seulement, ce n'est pas tout le monde qui veut toujours tout entendre. Alors, je me dis que j'ai de la chance de connaître Mme Atma et je me fie à ses recommandations. D'ailleurs, la vérité m'apparaîtra bien assez vite. Il fallait seulement lire les premières pages pour voir le génie de Gary/Ajar se manifester !

Dans mon pays, les combattants ont commencé à appliquer une règle terrible. Sur certains barrages, dans les frontières mobiles qu'ils implantent un peu partout, pour décider qui va vivre et qui va mourir, ils lisent la religion sur la carte d'identité. On dit que si certains s'en tirent, d'autres sont exécutés sur-le-champ. C'est parce que différentes religions coexistent ici depuis longtemps, mais le rêve est terminé. La preuve, c'est que nous sommes en plein cauchemar.

Ce matin, une frontière a été dessinée dans ma rue. Depuis la cour de l'immeuble abandonné en face de chez moi, Tony et moi voyons tout ce qui se passe chaque jour. Tony, c'est mon ami. Il joue aux mêmes endroits que moi, dans l'immeuble abandonné, ou bien au bout de l'impasse avec son ballon. Alors, nous sommes devenus copains.

À cette frontière, il y a souvent des tirs, pour dissuader les habitants et faire respecter l'ordre de la guerre, mais nous n'avons encore jamais vu personne mourir. Il y a d'immenses sacs de sable sur des tonneaux en tôle pour montrer qu'il faut s'arrêter. Les sacs de sable et la tôle empêchent les voitures de circuler librement. Tous ceux qui veulent absolument traverser pour passer de l'autre côté doivent se diriger d'abord vers l'un des hommes cagoulés, qui regarde vos cartes. Puis, c'est lui qui décide. Depuis que le barrage est installé, le trafic s'est beaucoup ralenti. Les voitures ne passent presque plus sur cette route.

De temps en temps, des piétons portant des sacs de nourriture et autres cadeaux essaient de traverser pour aller rendre visite à leur famille. Pour eux, c'est un jeu de bingo ! Le passage dépend de l'humeur des cagoulés. Parfois, les gens rebroussent simplement chemin, et reviennent tristement chez eux avec tous leurs sacs. D'autres fois, ils dépassent les tonneaux et les sacs de tables. À ce moment, ils accélèrent le pas pour ne pas se faire tirer dessus parce qu'il y a des snipers cachés sur les toits des immeubles. Ils courent presque jusqu'à arriver de l'autre côté.

Ce qu'ils font, une fois là-bas, devient alors le sujet de conversation de toutes les matrones chez le maraîcher. L'une d'entre elles, tante Tilda, nous a expliqués un jour à Tony et moi que de l'autre côté, il y aurait un autre barrage comme celui-ci. Devant notre regard interloqué, tante Tilda ajoute : « Seulement là-bas, les hommes ne sont pas cagoulés. Ils portent des casques parce que ce sont de vrais soldats, comme mon fils. » Il y a donc un autre passage à franchir avant de rejoindre ceux qu'on aime, mais ça vaut la peine parce qu'après on est libre d'embrasser nos proches.

Tante Tilda soupire encore : ça fait beaucoup de danger pour un seul homme !

Tante Tilda pourrait demander de traverser, mais elle préfère ne pas parler de son fils à la frontière. Elle a trop peur que les hommes cagoulés se fâchent et convoquent immédiatement le jeune homme pour lui demander de transmettre des informations secrètes sur l'autre côté. Alors, tante Tilda reste avec nous sans se plaindre.

Moi, si j'avais un fils, je ferais comme tante Tilda. Je mentirais. Je dirais que je n'en ai pas. Comme ça, je pourrais le sauver des questions des hommes cagoulés.

Tante Tilda est gentille. Elle me donne parfois des pommes. Quand elle sort de chez elle et que c'est la saison des compotes, elle m'en glisse une dans la main en cachette du maraîcher qui n'aime pas nous voir traîner ici, Tony et moi.

Un jour, une prof est venue nous faire l'école du quartier à Tony et moi. Elle nous a ramassés dans la cour de l'immeuble abandonné et nous a dit de la suivre dans l'une des pièces. Il y avait aussi Baghera, un enfant sale et bouclé, et Lamia, ma voisine de palier, qui suce encore son pouce. Parce que c'était la guerre, elle a mis tous les enfants dans la même salle de classe et nous a dit de prendre notre mal en patience. La savoir ça active les méninges à tous les âges !

Maîtresse Nounou, c'est en réalité une sage-femme. Une sage-femme, ça veut dire qu'elle a accouché plusieurs des enfants du quartier. C'est sur elle que la plupart des enfants posent leurs yeux quand ils arrivent à la vie. Alors quand elle a compris qu'il y avait une urgence et que nous étions dans la rue tous les jours, elle a agi.

Elle nous a pris par la main pour qu'on vienne rejoindre la salle de classe avec le tableau noir. Maîtresse Nounou est vieille et ronde avec de grosses mains ridées, mais ses paumes sont douces. Puis, elle accompagne tous ses gestes de propos encourageants, alors c'est bon de la suivre.

« Quinze fois sept ? » elle demande pendant le cours de maths. Quand je donne une bonne réponse en calcul, elle dit toujours : « Que Dieu brûle en enfer si tu n'as pas le meilleur avenir qui soit. Prends des forces avant l'hiver et apprends bien tout ce que je te dis. Ça va aller, foi de Nounou. » Je l'écoute et je mange la pomme que tante Tilda m'a donnée avec encore plus d'appétit.

Après le cours, j'ai décidé d'aller chercher un livre à la bibliothèque. C'est peut-être dangereux alors Tony accepte de m'accompagner. Tony me dit : « Aujourd'hui, ils ont tiré trois fois de notre côté de la frontière et une fois de l'autre côté... C'est un bon compte. » Les tirs de notre côté sont reconnaissables au bruit. Ceux de chez nous font tchakatchaka boum, alors que ceux d'en face font le son inverse Boum tchakatchaka. Je confirme que les tirs ont été tirés ce matin, mais j'ajoute que depuis il n'y a rien eu. Alors nous pouvons y aller.

La bibliothèque est seulement à deux rues à côté. Je réalise en entrant que Mme Atma a abandonné les lieux, mais les livres sont encore dans les rayons ou tombés à terre. Dans un coin, je retrouve *La promesse de l'aube* de Romain Gary. Je me souviens de ce que Mme Atma m'avait dit sur Émile Ajar qui était en réalité ce même homme, alors je m'empare du livre.

C'est une autobiographie, et à ma grande surprise, j'apprends que Romain Gary, s'appelait en fait Romain Wacek, né en Lituanie. Sa maman était tellement gentille qu'elle se sacrifiait pour lui. Elle acceptait de manger uniquement du pain rassis qu'elle trempait dans le jus de la poêle pour que son fils puisse avoir un steak entier rien que pour lui. Ensuite, son fils est enfin devenu Émile Ajar et c'était un grand écrivain. Il m'a appris qu'il n'y a pas de honte à prononcer des mots interdits, mais ça, je vous l'ai déjà raconté. Grâce à Romain, je sais des trucs. Je sais que dans le monde, il y des « juifs », des « arabes », des « prostituées » et des « femmes adultères ». Les gens ne me le diront pas en face, mais ça me fait bien rire.

Ma maman veut que j'aie un grand destin, alors je serai peut-être écrivaine un jour. La vie a réalisé les rêves de la maman de Romain Gary, donc j'ai peut-être une chance. Je vais devoir raconter des histoires qui me serrent tellement le cœur que j'aurais peur qu'il n'explose. Mais quand je repense à *La vie devant soi* et à *La promesse de l'aube*, je me dis que ça vaudra sûrement la peine. Même si je serai triste, je ne pourrai plus me taire parce que pour une petite fille qui habite sur une frontière quelque part, ce sera important. Alors je repenserai à Mme Atma, à tante Tilda et à Tony et je dirai tout, tout, tout.

© Zeina Fayad[50]

---

[50] Auteure née à Beyrouth, Zeina Fayad a vécu entre Beyrouth, la montagne libanaise, Limassol, Bruxelles, et Montréal. Elle a reçu son M.A. en Création Littéraire de l'Université de Montréal. En 2020, elle a écrit son premier roman intitulé L'Insouciance Retrouvée, publié aux éditions Saër el Mashrek au Liban.

Anamorphose

Luxy Dark
(France)

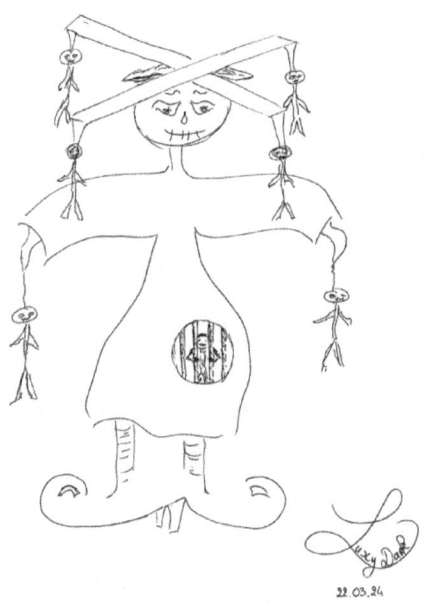

22.03.24

Il était une fois… Non ! Il était plusieurs fois !
« Il » est aujourd'hui celui-ci. « Il » sera demain celui-là.
« Qui es-tu, jolie marionnette désarticulée ? Qui es-tu,
manipulée par des doigts de fée ? Si ta vie est un destin,
pourquoi la limiter à un seul refrain ? Chaque couplet
s'ajoute avec frénésie à la litanie de tes rôles
gigantesques et *cinématographesques*. »

Il était une fois, les histoires d'un homme. Polyglotte du nom propre, il déploya son ingéniosité dans l'art des personnalités. Il s'inventa des identités comme on change de chaussettes. Il s'incarna, au gré de sa plume, une fois en chapeau, une fois en soulier et une autre en épée. La grandiloquence de ses exigences lui infligeant leurs injonctions, le chapeau s'empluma de panache, les souliers dépassèrent les sept lieues et l'épée transperça toutes les armures. Ainsi, de rôle en rôle, comme on sauterait de flaque en flaque, l'homme se grisait de gloire, accumulait les victoires et semblait remplir son ego.

L'homme visitait ses vies, s'y complaisait, y paradait. Il diffractait ses envies. Il dissociait ses furies. Toujours fier, sous ses costumes d'apparat, il paradait en bon soldat.

« Où cours-tu, jolie marionnette désarticulée ? Qu'as-tu donc inlassablement à prouver ? De rêve en rêve, aurais-tu grandi dans un château de cartes ? Une mère architecte en avait dessiné les oubliettes. Elle avait bâti pour toi un royaume imaginaire où toi seul pouvais régner en despote totalitaire. Elle t'a appris à broder des caractères qu'elle dessinait pour toi en majuscules dorées. Elle faufila l'aiguille dont on coud l'uniforme des héros. »

Lassé de la gloire, l'homme s'essaya à une autre distraction. Il prêta sa passoire à un voisin invisible. Une fois de plus, le miracle opéra de façon illusoire. L'incroyable brillance de l'objet rendit son complice perceptible, lui procurant la chaleur des feux de la rampe. De quelles marches de velours rouge s'agissait-il pour qu'un figurant ainsi usurpé puisse impunément les monter ?

Tout semblait concourir à un monde abstrait et de fiction. Comment retrouver son unité et ne pas y perdre la raison ? L'homme aux multiples visages semblait unique en son genre. Mais qui dormait au creux de sa vérité ? À explorer trop d'exploits dans une quête fébrile, se serait-il éparpillé ? À trop se mettre en scène, aurait-il oublié l'intention de l'acteur ? L'homme serait-il devenu l'esclave de ses personnages ? L'artiste serait-il tombé dans une addiction de vies plurielles nécessaire à sa création ? Le maître devrait-il son existence à ses sujets ? C'est ici la question de la création que je pose, assurément.

Au matin blême des auréoles, la lumière déclinait inexorablement. La raison d'être se sentait dispersée. Les faux-semblants éclairent mal le désir d'être entier pour se sentir vivant.

Un coup de théâtre s'imposait pour marquer la fin de la pièce. Une robe de chambre rouge sang. Un revolver révulsé en duel contre soi. Il fallait bien tout cela pour tuer plusieurs vies à la fois !

© Luxy Dark[51]

---

[51] Auteure de *Émotigraffs* et de *Thérapie Sensuelle*. Sa démarche artistique empreinte de tolérance, de respect et de liberté invite à la découverte de soi et des mondes. Au-delà de l'écriture et des expressions graphiques, elle aime monter sur scène et y entremêler chant, danse orientale et lecture théâtrale. À travers ses interprétations, parfois tristes, parfois joyeusement malicieuses, elle invite à partager des moments sensibles et atypiques.

Hommage au noble chevalier Gary, dit la Braise

Jean K.Saintfort
(France)

Un jour, le petit Romain reçut une gifle de sa mère. Non pas parce qu'il s'était battu. Mais parce que, à l'inverse, il s'était laissé humilier à l'école sans réagir. Avant de lui lire des contes pour enfants, sa mère Mina lui apprit à prendre garde à *la cohorte ennemie qui se penche sur (lui) à la recherche de quelque signe de défaite et de soumission.*

Ces ennemis, dans *La Promesse de l'Aube*, Gary, tu leur as donné un nom et les as décrits ainsi : *« Il y a d'abord Totoche, le dieu de la bêtise, avec (...) sa tête d'intellectuel primaire, son amour éperdu des abstractions ; aujourd'hui, il se réfugie de plus en plus dans la science pure, (...) sa ruse préférée consiste à donner à la bêtise une forme géniale (...) Il y a Merzavka, le dieu des vérités absolues (...) Chaque fois qu'il tue, torture ou opprime au nom des vérités absolues, religieuses, politiques ou morales, la moitié de l'humanité lui lèche les bottes avec attendrissement. (...) Il y a aussi Filoche, le dieu de la petitesse, des préjugés, du mépris, de la haine, (...) en train de crier « Sale Américain, sale Arabe, sale Juif, sale Russe, sale Chinois, sale Nègre » - c'est un merveilleux organisateur de mouvements de masse, de guerre, de lynchages, de persécutions, habile dialecticien, père de toutes les formations idéologiques, grand inquisiteur et amateur de guerres saintes (...). Il y a d'autres dieux, plus mystérieux et plus louches, plus insidieux et masqués, difficiles à identifier ».* [52]

Tous ces faux dieux, absurdes, ivres de leur puissance et possesseurs du monde, tu les as voués au feu. Tes patronymes étaient explicites : Gary signifie « brûle » en russe et Ajar, « braise ».

Tu n'as jamais supporté l'abus de confiance et les escroqueries intellectuelles, idéologiques, morales et spirituelles. Combien de crimes et d'asservissements commis au nom de nobles idéaux et de fausses vérités ?

Contre Totoche, Merzavka et le Filoche,
Dieux des vérités absolues et de la haine,
Tu restes ton unique maître et capitaine,
Et sur eux, l'arc bandé, tes flèches tu décoches.

Le mal n'était pas pour toi une notion éthérée, mais une réalité brutale concrète à laquelle tu as été confronté plus que de raison, ta vie épousant les horreurs du siècle : persécutions antisémites de Russie et de Pologne, Seconde Guerre Mondiale, conflits racistes aux États-Unis… À dire vrai, tu le cherchais quelque peu, acharné que tu étais à le combattre, incapable de fermer les yeux devant les injustices de ce monde… Il y a du Robert Capa en toi, témoin engagé, toujours présent là où le conflit était le plus fort.

Tu considérais que le mal est aussi en l'homme, dans ses bassesses, ses lâchetés, ses dénégations, ses

---

[52] La promesse de l'aube, éditions Gallimard, collection Folio, 2018, p. 16-20.

culpabilités, ses comportements bas et intéressés, sa médiocrité... Bref, dans ce manque de dignité que tu dénonçais sans complaisance.

Tu ne pointais pas pour autant une race, une religion, un système politique... Car, tu le croyais, tu le vivais, tu étais convaincu que chacun est responsable de ses actes. Oui, le contexte peut être tragique. Oui, on peut être victime de brimades, de persécutions mais, au fond, chacun reste responsable de ses choix.

Pauvres humains si démunis, seuls face au mal.
Toi, noble chevalier, tu as passé un pacte,
Celui de te battre jusqu'au combat final,
Car tu nous sais responsables de tous nos actes.

Il y a de la noblesse en toi, de celle du héros chevalier qui se jette dans le combat sans savoir s'il va perdre ou gagner, simplement parce que la cause est juste.

Il y a de l'inconscience et de la folie en toi, de celle des désespérés qui devant la puissance et la permanence du mal, sont pourtant incapables d'abandonner le combat.

Il y a de la sagesse et de la rébellion en toi. Tu considérais que basculer du côté de la puissance et de la réussite, c'était se perdre et devenir l'allié objectif du mal. Pour autant, point de naïveté. Tu n'acceptais pas l'humanisme béat et l'idéalisme bienveillant pétris de bonnes intentions. Ils finissent par nier la réalité du mal qui, lui, à l'inverse, est si fort pour les récupérer.

Il y a de la faiblesse en toi, de celle des saltimbanques qui, incapables de faire le mal, aiment à jouer et aident les hommes à croire en leurs rêves, sauvant ainsi l'honneur de l'humanité.

Saltimbanque fou, sage et rebelle à la fois,
Ami des désespérés et égal des rois,
Tu veux pour chacun le droit et la dignité
Pour sauver notre honneur et notre humanité.

Ceux que tu aimais vivaient en marge. Ils étaient les hors système, les hors caste, et tu savais l'ampleur des défis qu'ils doivent affronter. Tu t'engageais pour la justice sociale, dans la lutte contre les préjugés, les stéréotypes et toutes les discriminations.

La Vie devant soi ne nous rappelle-t-elle pas que l'amour, c'est tout simplement le besoin d'être avec l'autre ? Et quel cadeau, en ces temps répétés où la Terre aux trois religions est en feu, que de nous raconter l'histoire d'un enfant musulman, aidé par une femme juive rescapée d'Auschwitz. L'ancienne prostituée apprend à Mohamed à devenir un homme. Et le petit Momo, dessinant le monde à sa manière, apporte la bienveillance et l'empathie dont son entourage a tant besoin.

Faut-il rappeler qu'il existe des bâtisseurs de paix ?

Enfants de la Vie, de l'Aube et de la Promesse
Oyez le récit d'un feu nourri d'une braise,
Qui, contre les dieux fourbes, ne leur en déplaise,
Offrit aux hommes fierté et grande noblesse.

Explorateur de mondes, ta curiosité plongeait dans les racines de notre condition humaine, notre identité, l'amour, la mort… Ne sommes-nous pas pétris de nos émotions et de nos expériences ? Poète et artiste lyrique des mots, tu savais nous dépeindre, nous saisir, dans notre instantanéité comme dans notre profondeur.

Tu nous as rappelé comment la simple acceptation de l'autre, dans sa différence, permet de transcender les défis auxquels la vie nous confronte. Tu nous as répété combien la résilience donne un sens à l'existence. Tu as revendiqué le droit ultime à l'altruisme désintéressé.

Tu as joué des noms de plume, distillé les indices de ton parcours dans tes romans, nous laissant le soin de démêler le vrai du faux. Combien de variantes aussi de tes origines, de tes racines… Presqu'un jeu d'acteur… Artiste, finalement, comme ta mère. Quel paradoxe pour toi qui était si angoissé par l'idée de mentir sur ton identité !

N'ont-ils pas compris qu'au-delà de tes mémoires vécues et rêvées, tes récits avaient valeur de symboles ? Tes titres, pourtant, étaient explicites : *la Promesse de l'Aube, la Vie devant soi…* Bien sûr, ils représentent toutes ces questions que les enfants se posent pour comprendre et découvrir la vie.

Mais ils sont aussi l'humanité en marche, celle qui grandit et veut croire en l'espoir et en l'espérance.

Merci, ami Romain.

© Jean K.Sainfort[53]

---

[53] Jean K Saintfort est un auteur secret. Se considérant comme novice, toujours en apprentissage dans l'écriture, il essaie d'exprimer à travers les mots sa passion de la compréhension du monde et sa recherche du bonheur.

Les racines de soi, la vie devant le ciel

Laurent Desvoux-D'Yrek

(France)

© Laurent Desvoux-D'Yrek

Un élément de réalité tourne dans ma tête depuis des années ; par ma plume électronique, je me dois de le reprendre pour l'approfondir, pour en comprendre mieux les données, la portée : mes parents connaissaient le couple Jean Seberg–Romain Gary. Ils habitaient au même numéro de la rue du Bac et se retrouvaient régulièrement au café d'en bas à des tables voisines au petit-déjeuner. Flash ? J'avais deviné que les hommes ne communiquaient pas entre eux, l'un par hauteur, l'autre par timidité, et que les femmes avaient brisé la glace. Il leur arriva de porter en même temps la rotondité d'une maternité à venir : d'un côté Alexandre Diego et de l'autre Laurent. Ma mère en était certaine : l'enfant de l'autre couple devait aussi s'appeler Laurent. Ma mère me rapporta également que Jean lui avait expliqué son tropisme pour notre pays : les familles américaines cultivées qui le pouvaient offraient à l'éducation de leurs enfants la présence d'un précepteur français.

Est-il possible que les parents au terme de leur réflexion abandonnèrent leur choix initial du prénom Laurent ? Notamment parce que le petit peuple des cafés et des rues s'entichait de ce prénom très à la mode au début des années soixante. Pour aller dans ce sens, une graveuse devenue aussi poétesse, d'abord institutrice de son état, avait choisi le prénom Laurent pour son fils et le père fit résonner fièrement le prénom à l'État-civil où le receveur des prénoms s'exclama mais c'est le cinquième (ou le sixième ?) de la matinée ! De sorte que le père, ne voulant choir en banalité, opta pour Renaud sans autre forme de concertation. Le couple chic, choc, voulait-il brouiller les pistes ? Pour qui, pourquoi ?

Il est possible aussi que la mémoire de ma mère avec le temps de dizaines d'années passées ait confondu les prénoms, Alexandre d'origine grecque et Laurent d'origine latine pour une même Antiquité à résonner dans l'époque des Trente Glorieuses (J'ai su qu'Alexandre fut très vite appelé Diego par la nourrice ou intendante qui s'en occupa comme s'il s'agissait de son propre fils). Elle me raconta encore plus souvent que le choix de mon prénom fut une longue quête et que c'est comme par une révélation, qu'entrée dans un café du cœur de Paris et y voyant le comédien de théâtre et de cinéma Laurent Terzieff, elle eut un cri du cœur : ce sera Laurent ! Ce choix fut tardif, forcément 1963 (je suis né fin avril, « cette année-là » mourront un président américain assassiné et les Edith Piaf et Jean Cocteau), Alexandre Diego étant né déjà depuis fin 1962, révélé en 63. Après la mort mystère-misère de Marilyn.

Je me demandais si ma mère n'avait pas discuté avec Jean lors d'une autre grossesse de l'actrice, qui ne serait pas arrivée à terme, d'où l'abandon du prénom lauré. Je n'ai trouvé mention que de la tragique arrivée au monde d'une petite fille directement pour un cercueil de verre comme la CIA faisait des pressions insupportables sur Jean, militante des droits des Noirs aux États-Unis, pour la discréditer, faire penser que ce n'était que pour des motifs de coucheries, ce fut une sorte de longue dépression qui l'atteignit et elle montra au monde en son désespoir une dépouille de gamine blanche. Quelle tristesse, quelle tragédie, quelle infamie que l'Histoire quand elle entend broyer et recouvrir celles et ceux qui s'opposent, résistent, mettent en avant les droits humains à recouvrer. Mais non, il y aurait eu trop peu de temps entre la naissance d'A.D. et cette nouvelle grossesse, car mes parents quittèrent leur chambre de bonne au dernier étage de l'immeuble haussmannien (le couple médiatisé disposant quant à lui d'un appartement bourgeois conséquent). Afin de faciliter les derniers mois de grossesse, les escaliers devenant une épreuve, mes parents furent accueillis dans la famille de ma mère vers la Place de Clichy, avant d'emménager, après mon premier cri dans une maternité aujourd'hui disparue, pour sept années, rue Quincampoix.

J'ai bien sûr regardé si Alexandre Diego était devenu professeur, de français et avec Agrégation, ajoutait, je crois, ma mère, les jours qui s'agrègent peuvent désagréger les souvenirs en leur précision, les altérer, mais de la vie professionnelle du fils des deux étoiles j'ai trouvé par moteur de recherche la vocation d'écrivain, entravée peut-être par les difficultés existentielles de voir disparaître ses parents tour à tour à un an d'écart et de mort tragique, et l'ombre écrasante d'un père personnage hors du commun des Lettres. Il est vrai aussi que les éléments numériques informatifs veulent considérer surtout ce qui est spectaculaire ou en lien avec des professions qui parlent aux gens (c'est récemment, après mon intervention auprès d'un contributeur, que la fiche W. de mon père signale qu'il a eu trois fils - n'était longtemps référé que le fils également comédien.). Faut-il relativiser cette ombre géante du père ou des parents ? En disant, qu'après quelques rôles phare, l'égérie de la Nouvelle Vague ne trouva guère que des rôles dans des films réalisés par son mari Romain, qui n'eurent pas beaucoup d'écho, que la gloire de Romain Gary finalement n'était pas si grande, lorsque l'université, les journalistes le boudaient ne reconnaissant pas encore son génie, mis en avant surtout après les années deux mille. À tel point que sa fameuse supercherie littéraire de créer de toutes pièces un Émile Ajar présentant ses romans tient aussi à ce qu'il se sentait négligé par ce qui faisait le Paris littéraire. Le scandale, après sa mort, des révélations d'un seul et même auteur à avoir remporté deux fois le Prix Goncourt ne sortit pas d'un jeu à métamorphoses pour un ego insatisfait d'une unique enveloppe.

À la fin de sa vie, ma mère n'osait plus dire qu'elle et son mari avaient fait partie des bons amis de Michel Colucci, dit Coluche, devenu, depuis sa mort sur une petite route entre montagne et mer en 1986 et le développement de son œuvre caritative « Les Restos du Cœur », une légende toujours vivante dans le cœur de nombreux Français. Elle n'en parlait plus, car on la regardait avec suspicion par son dire, comme d'une mythomane ou d'une qui divague alors que les comédiens du Café de la Gare se connaissaient, se fréquentaient avec une simplicité qui n'empêchait pas les complications, les tensions, les exclusions. Étrange comme la contiguïté de parcours avec les Seberg-Gary ne va pas chercher en moi les facultés d'imagination, de mythomanie critique, d'évasion, de tremblement d'identité… mais creuse en moi la volonté de connaître un réel insaisissable, d'énumérer des hypothèses crédibles et dans ce champ, et ce champ seulement, d'y retenir l'hypothèse… qui ait été l'événement vécu même. D'établir des ponts entre des réalités proches ou lointaines, entre « Les Choses » et « Les Mots », de rapprocher des peuples et des individus, les amoureux comme le poète et la peintre ou de marquer ce qui les sépare, d'établir des ponts coûte que coûte, même avec la conscience que les ponts ne sont jamais à l'abri de s'écrouler. D'être submergés. Et pas que par temps de guerre.

Un pont pour rejoindre la réalité, c'est possible, c'est souhaitable ! Foin d'imaginer ou de supposer encore que mon père ne soit pas mon père en aviateur devenu écrivain ou que les deux bébés aient été échangés dans un couffin de maternité ou de café ! L'autofiction ne passera pas par moi ou me renversera ! Plutôt des impressions à la Modiano avec pour personnages Seberg et Gary, un Paris d'autrefois plein de trouées, de mystères, d'éléments apparents et se dérobant, de prénoms se superposant, d'identités qui s'enroulent ou deviennent fantomatiques en se retirant dans un passé qui s'éloigne chaque jour et chaque pas, que les nouveaux pas ne ressusciteront pas. Pourtant, je dois dire que mes recherches scénaristiques, narratives étaient de prime abord à l'opposé de l'approche romanesque, descriptive, mono-obsessionnelle de Mo-dia-no, celui de *Rue des Boutiques obscures* et de l'enquête à la trame toujours prise, défaite, reprise de ce qui se passa dans les quartiers du Paris de l'Occupation et du temps d'après.

Certes, je ne donnais pas raison à tante Denise commentant les performances télévisuelles de Patrick Modiano : « Comment peut-on être écrivain en ne terminant jamais ses phrases ?! ». Je jugeais le bonhomme si gauche, si maladroit, si embarrassé – et peut-être si avare de vraies aventures quoi ! – que je ne pouvais y entrevoir même un modèle pour une entreprise d'écriture. N'avais-je point imaginé, alors même qu'il avait reçu le Prix Nobel de Littérature, un jeu de quiz en bas d'écran pour donner suite à chacune de ses phrases inachevées ? Finit-il seulement… ses récits ?... Gary offrait des perspectives autrement plus héroïques, enthousiasmantes d'aventuriers de l'écriture. Gary vraiment ? Je dois me rappeler ici ma prime lecture de *La Promesse de l'aube* vite interrompue : le livre me tombait des mains devant les extravagances du portrait de la mère de l'auteur (de même *Cent ans de solitude*, dans ma première approche, se réduisirent à *Quelques années*… comme je ne me débrouillais pas de l'écheveau familial aux fantasmagories narratives de Garcia Marquez…). Alors que, des années plus tard, ma relecture vit en Mina une héroïne extraordinaire et vraie, liée au destin forgé du résistant et de l'écrivain. Mina fascinante me rappelait… et ne me rappelait pas… « Nina » par Mona A. rêvant à qui elle-même serait devenue avec une telle mère, menant, modelant les destins ou les désirs dans *Le livre de nos mères*. Ma mère m'avait dit qu'elle avait appris que le fils était devenu professeur agrégé… mais d'où, de qui l'avait-elle tenu ? Je repense au nom « Rue du Bac », peut-être provenant d'un passage sur la Seine, d'avant les ponts, pouvant se lire en diminutif du Baccalauréat, diplôme soldant les années scolaires secondaires. Dans la seconde partie du mot, on peut reconnaître le participe lauré, de la même famille de mots que laurier et… Laurent. Où est la victoire ?

Je repense à mon père muet à ces tablées hebdomadaires où les deux femmes seulement se parlaient et me remémore qu'un jour, il avait suivi dans les rues parisiennes le jeune Jean-Paul Belmondo, qu'il connaissait déjà pour son étincelant démarrage de carrière théâtrale et qui n'avait pas encore décroché de beau rôle au cinéma, il le suivit ombre ou reflet devant des vitrines de shopping parisien, mais sans oser, des heures durant, lui adresser la parole. Bientôt, Jean-Paul obtiendrait ce rôle sur grand écran en compagnie d'une autre étoile, Jean Seberg, qui allait imposer son allure, sa chevelure, son tee-shirt « New York Herald Tribune » dans le premier opus éclatant de Jean-Luc Godard au titre pourtant de fin plutôt que de merveilleux début : *À bout de souffle*. De l'avoir vu et suivi ce temps de déambulation, cela insuffla quand même à mon père l'énergie pour aborder… la perspective de devenir comédien. Jean et Jean-Paul, couple mythique, moderne, émergeant de la Nouvelle Vague…, voilà qui aurait pu donner un élément de conversation entre François et Romain, car celui-ci était tombé sous le charme de l'actrice à Los Angeles précisément après avoir vu la prestation indolente, revigorante et lumineuse de Jean dans le film de Godard. Le père de Romain avait-il exercé la profession de comédien ? Un écrivain fils de comédienne et/ou de comédien, est-ce un chemin pour mener à la justesse de restitution ou jouer tous les rôles que les chemins inventent ?

Les prénoms se superposent dans la mémoire, parfois font se confondre silhouettes, identités et d'autres non (comme dans les pièces de mon frère Gilles avec Georges, Richard, Elisabeth, Christophe…). Patrick, Romain. Patrick par exemple Patrick Dewaere qui, toujours selon les conversations que j'eus avec ma mère en ses dernières années, fut à l'origine de l'investissement de mes parents dans le second « Café de la Gare » : rencontré devant la Rue Quincampoix, sur la place qui allait accueillir le Centre d'arts Georges Pompidou, derrière lequel on peut voir l'arrière du célèbre café-théâtre créé par des artistes, anarchistes, libertaires, dont l'irréductible Romain Bouteille qui des années plus tard offrirait à mes parents le monument de bois le Bateau-Ville en remerciement de leur accompagnement au long cours. Patrick qui mourut de mort brutale, suicidé des émotions fracassantes. Michel broyé avec sa moto par un *P… de camion*, comme chantait Renaud. François mort après lecture sur scène d'un poème de Jehan… Romain qui fut un des morts de la période Covid, en isolé dans sa chambre d'hôpital. Annie qui ne fut acceptée par deux fois d'entrer à l'hôpital saturé. Michel Goudet, collagiste, nouvelliste, mélomane et ami, mort soudainement pendant l'écriture de cette remémoration. Quel roman vrai riche pauvre pratiquer pour relier nos vies ?

Ce Bateau-Ville, n'est-ce pas encore un réel à approfondir, à entrebâiller par cette enquête que j'ai lancée avec « Le Verbe Poaimer » pour partir sur les traces de son créateur (ou créateurs), depuis plus de dix ans sans autres résultats pour l'heure ou pour leurres que des échafaudages d'hypothèses. N'ai-je pas abandonné la fiction pure, le pur plaisir d'inventer des récits foisonnants et abracadabrantesques pour aller me complaire en des quartiers de pas perdus peu ou prou ou pas retrouvés ? Je dois concéder aussi que mes premiers récits avaient un penchant fantastique malaisant et comme basculant après un pic euphorique dans une chute pathologique, cherchant à mettre à distance une angoisse, mettant à défaut, à difficulté, l'imagination reine, quand elle veut s'affranchir de la réalité jusqu'à la chasser. Ce retour au réel, est-ce dû à l'âge qui me travaille, à la nostalgie et à la perte, au sentiment accru de la vulnérabilité ? que me rappelle avec une innocente et droite cruauté l'ostéopathe avertissant rien moins que du risque d'effondrement de ma structure, sur la conduite de mes vertèbres à scoliose accentuée, si je ne muscle urgemment et continûment mes deux travers, muscles essentiels et géants que j'entendais prononcés pour la première fois. J'ai reçu étrangement son invitation bien en face à donner de mes nouvelles, de ne pas hésiter, je ne savais si c'était une attention empathique inquiète, inquiétante, commerciale...

Bien sûr, je me rendis « déjadis » au 108 rue du Bac, j'ai vu la plaque concernant la présence autrefois de Jean et Romain ; j'ai cherché au moins du regard le café que je n'avais vu de mes yeux cernés de placenta et dont j'avais entendu parler. Là où ils se sont aimés, ont vécu ensemble, ont vécu séparés, ont tenté de se réconforter, là où l'auteur des *Cerfs-Volants,* treize mois après le suicide de Jean, a mis fin à ses jours comme un stoïcien vraiment et brutalement. *Aucun rapport avec Jean Seberg. Les fervents du cœur brisé sont priés de s'adresser ailleurs...* , ainsi commençait sa lettre posthume. Je vous le promets, je me le promets, par jeu, « par voue », je reviendrai au108 (y pensant dans une autre rue près de mon travail, je lève la tête et c'est le 107, je tourne la tête, sur l'autre rive au 108 une femme cherche à joindre quelqu'un dans l'immeuble, puis s'en va), en investigation plus sérieusement menée. Comment mes parents avaient-ils obtenu leur chambre exiguë à ce numéro ? C'était par un de leurs amis du monde théâtral — peut-être régisseur dans un théâtre à proximité, certainement « Le Vieux Colombier » — un monsieur « avecungrandlongnom » qui écrivait..., il avait recopié sur un carnet tout un récit de bonheur à deux à venir, offert au mariage de mes parents en décembre. Dix jours pile avant Noël 62 où un Breton vieillissant relit, corrige son extraordinaire récit surréaliste *Nadja.* Pavé de jeunesse éclatante dans la mare des récits bourgeois, livre rencontre, livre convulsif, photographique, déceptif et ouvrant aux étoiles et à l'aube.

(Le récit de Laurent Coloumbo s'arrête, retrouvé dans les décombres de l'immeuble rue Quincampoix à la partie médiane effondrée par vétusté. Un survivant savait recevoir la visite de son neveu venant converser au sujet de ses parents affiner son enquête sur le passé-qui-toujours-s'échappe. Le dit survivant, donc, revenait à pas pressés de la Canopée des Halles après avoir vu « un film dard et décès » (sic). Premier à voir l'entrelacs de pierres, poutres métalliques, papiers des travaux pour les marches, maculés, crevassés de la formidable chute de la structure.

Trois victimes, deux personnes miraculeusement vivantes, choquées et gravement blessées : une dame qui venait sur les traces « et les sas » du dessinateur de « Philémon », un vieux (très) Monsieur barbu, chenu qui « avait connu Molière » (re-sic) sur scène dans cette même rue. L'ascenseur récemment installé sur un côté de la cour a tenu bon.

Premiers éléments, témoignages des habitants et agence urbaine indépendante, depuis deux ans et cinq mois des poutres de renfort avaient été ajoutées à tous les étages, les plafonds d'escaliers en étaient comme troués. Leur friabilité fournissait l'objet d'études, à chaque saison, d'experts accompagnés d'ouvriers. Après l'état des lieux actualisé et les hypothèses de restauration envisagées, hasardeuses, controversées, rien ne se passait pendant trois mois, de peur de mauvaises décisions et des coûts afférant.

Une sacoche mauve appartenant au sieur L. Coloumbo, soixante ans, ouvrages en mille-feuilles,

feuilles parfois annotées : « Ne dites pas Passé, ne dites pas Futur, je ne boirai pas de ton eau », « Gare au Gary », « Le Cœur est un Coq qui Chante ou Claque », « Genèses de Diego » - et mélangées sous la violence du choc : *Les Racines du Ciel, Les Pas Perdus*, textes sur l'art, *La Place de l'Étoile, Tête d'Or, Les Amours, La Vieillesse d'Alexandre, La Disparition, Les Pas Perdus*, roman, tous les tomes de *La Recherche du Temps perdu*, ainsi que 2 longs-métrages : *Tant pis si je meurs, À bout de souffle*, disques brisés net, qu'il venait rendre à son oncle, cf. témoignage écrit cité + haut. Documents sous scellés que nos inspecteurs gardent sous le coude.)

© Laurent Desvoux-D'Yrek

Les avatars d'un génie
Hommage à Romain Gary

Le dialogue intérieur

Michel Tessier
(États-Unis)

© Michel Tessier

Dans un salon baigné d'une lumière irréelle, où les meubles semblent flotter et les ombres dansent, Romain Gary s'assied face à une chaise vide. Un souffle, et Émile Ajar apparaît, son visage n'est qu'une ombre floue, une esquisse d'homme.

— Il était temps que nous parlions, toi et moi. Trop longtemps, nous avons erré sur des chemins séparés sous le même ciel.

Émile Ajar, avec une voix comme le vent d'automne :

— Oui, Romain. Nous voilà enfin, face à face, dans ce théâtre des âmes. Qu'as-tu à dire à celui qui est toi, sans l'être tout à fait ?

Les murs du salon se dissolvent, révélant un horizon infini, où des galaxies naissent et meurent au rythme de leur conversation.

— Je te cherche dans chaque mot que j'écris, dans chaque personnage qui naît de ma plume. Qui es-tu, Émile, sinon une part de moi que je ne peux saisir ?

— Je suis l'écho de tes doutes, la voix de tes espoirs inavoués, répond Émile souriant avec mélancolie. Ensemble, nous sommes complets, une symphonie d'ombres et de lumière.

Autour d'eux, le paysage change, devenant un désert où les dunes sont des pages d'un livre jamais écrit.

— Pourquoi m'as-tu créé, Romain ? Pour échapper à ton propre reflet, ou pour explorer des mondes que tu ne pouvais atteindre seul ?

— Peut-être les deux. En toi, j'ai trouvé la liberté de dire l'indicible, de peindre l'invisible. Mais à quel prix ? Nous sommes les deux faces d'une même pièce, Émile. Sans toi, je ne suis qu'un demi-rêveur.

— Et sans toi, je ne serais jamais né. Ensemble, nous avons écrit des chapitres que ni l'un ni l'autre n'aurait pu imaginer seul.

Le salon revient, plus solide qu'avant, ancré dans un ciel étoilé. Gary se retrouve seul, la chaise en face de lui désormais occupée par une pile de manuscrits... Leurs œuvres entrelacées.

– Émile. Dans chaque phrase, je te chercherai, dans chaque mot, je te retrouverai.

Et dans cet espace entre le rêve et la réalité, la conversation continue, dialogue éternel de deux facettes d'un même génie, explorant l'infini de l'existence humaine à travers le prisme de leur imagination partagée.

Un phénomène étrange se produit : les manuscrits commencent à s'ouvrir d'eux-mêmes, leurs pages se tournent dans un silence respectueux. Les mots qu'ils contiennent s'élèvent et se matérialisent dans l'air, créant un ballet de lettres qui dansent autour de Romain Gary. C'est dans ce tourbillon de prose et de poésie que la voix d'Émile Ajar résonne à nouveau, plus forte, portée par le vent des mots.

– Vois-tu, Romain, notre dialogue ne s'est jamais vraiment arrêté. Il vit dans chaque histoire que nous avons partagée, dans chaque personnage qui a pris son premier souffle grâce à notre duel créatif.

– Je sens ta présence dans chaque ligne que j'écris, Émile. C'est à la fois un fardeau et un cadeau inestimable. Te craindre, te chercher, parfois même te haïr... mais toujours, invariablement, te respecter.

Un silence s'installe, seulement interrompu par le chuchotement des pages. Puis, lentement, une forme se dessine au milieu du tourbillon : un visage, celui d'Ajar, constitué de mots et de phrases, reflétant toutes les émotions que Gary a versées dans leurs œuvres.

– Haïr, cher Romain ? Non, jamais entre nous. Notre duel est une danse, notre discorde une harmonie. Sans friction, il n'y a pas d'étincelle, sans questionnement, pas de réponse.

– Et si l'un de nous disparaissait, Émile ? Que resterait-il de notre danse, de notre harmonie ?

– Nous sommes éternels, Romain. Tant que quelqu'un lira nos mots, entendra nos voix dans sa tête, nous continuerons à exister. Nous sommes devenus plus que des hommes : des idées, des rêves, des questions sans réponses.

Les lettres commencent lentement à retomber, comme de la neige, se reposant sur les pages des manuscrits. Gary étend la main, capturant une phrase dans sa paume avant qu'elle ne disparaisse.

Romain Gary, lit à voix haute :

– La vraie vie est absente. Mais nous, Émile, avons-nous jamais été plus vivants qu'à travers nos absences ?

Le salon, maintenant ancré dans un vide étoilé, s'estompe, laissant Gary seul avec ses manuscrits. La voix d'Ajar n'est plus qu'un écho, mais son esprit imprègne l'air, palpable, vivant.

– Cherche-moi dans nos livres, Romain. Je serai toujours là, dans l'entre-deux de nos mots.

Et dans cette ultime réplique, le dialogue entre Romain Gary et Émile Ajar se conclut, ce n'est pas une fin, mais une invitation à continuer la conversation à travers la lecture, la réflexion, et peut-être, l'écriture. Les manuscrits se ferment doucement, scellant leur pacte éternel, tandis que Gary, serein, se prépare à reprendre la plume, guidé par l'esprit indomptable d'Émile Ajar.

Dans le silence qui suit, un changement subtil s'opère. La lumière autour de Romain Gary devient plus douce, plus intime, comme si elle cherchait à créer un espace propice aux confidences, aux vérités cachées au plus profond de l'âme.

C'est dans ce cocon de lumière que la voix d'Émile Ajar se fait entendre à nouveau, mais cette fois, elle porte une intimité, une vulnérabilité, qu'elle n'avait pas encore exprimée.

— Romain, dans l'ombre de nos créations, n'as-tu jamais senti le poids de la solitude ? Cette solitude qui accompagne l'acte de création, qui pèse sur l'âme bien plus lourdement que l'encre sur le papier.
— Chaque jour, Émile, murmure Gary. Chaque mot est un combat contre cette solitude, une tentative désespérée de toucher une autre âme, de lui murmurer : Je te vois. Je te comprends.

Leurs silhouettes semblent se rapprocher, non pas physiquement, car elles restent des entités de lumière et d'ombre, mais émotionnellement, leurs essences se mêlant dans un dialogue silencieux mais profondément expressif.

— Nous avons choisi de nous diviser, de nous réinventer sous un autre nom, pour échapper peut-être à cette solitude... ou pour l'approfondir. As-tu trouvé ce que tu cherchais à travers moi, Romain ?

— À travers toi, j'ai trouvé la liberté, Émile, répond Gary les yeux fermés. La liberté de dire ce que Romain Gary ne pouvait pas dire, de sentir ce que Romain Gary ne pouvait pas sentir. Mais cette liberté vient avec son isolement, n'est-ce pas ? Une solitude doublée, un écho dans le vide.

Un silence s'installe, lourd de non-dits. Puis, doucement, la voix d'Ajar reprend, teintée d'une tendresse inattendue.

— Peut-être, Romain, que notre véritable quête n'était pas la liberté, mais la connexion. Un pont jeté entre nos solitudes, un fil tissé à travers nos différences. Et si, en créant Émile Ajar, tu avais créé ce lien ? Un lien non avec le monde, mais avec toi-même.

Gary ouvre les yeux, et bien qu'il soit seul, la pièce est emplie d'une chaleur, d'une présence. Il ressent autour de lui le tissage complexe de leurs identités, un mélange de douleur, de joie, et surtout, une profonde compréhension.

— Tu as peut-être raison, Émile, sourit Gary avec mélancolie. Dans nos conversations, dans nos disputes, dans nos réconciliations, nous avons trouvé une forme de communion. Une manière de dire, dans le silence de notre solitude partagée, que nous ne sommes jamais vraiment seuls.

Le dialogue se termine sur un sentiment de plénitude, un accord tacite entre eux. Dans cet espace de lumière et d'ombre, Romain Gary et Émile Ajar, deux facettes d'un même être, trouvent un moment de paix, un sanctuaire contre la solitude de l'existence. Et dans ce sanctuaire, ils ne sont pas seuls, ils se tiennent compagnie, unis par les liens indissolubles de l'imagination, de l'écriture, et du cœur.

Alors que leur échange intime résonne encore, le monde autour d'eux commence à se transformer. Les murs du salon, autrefois rassurants, s'érodent, révélant un paysage désolé, balayé par des vents amers et un ciel tourmenté d'incessants orages. C'est sur ce fond de décor hostile que leur conversation continue, dans une urgence reflétant l'adversité de l'environnement qui les entoure.

— Regarde, Émile, comme le monde se rebelle contre nous. Serait-ce le reflet de nos tourments intérieurs, une tempête née de nos doutes et de nos peurs ?

— Peut-être que le monde n'est que le miroir de nos âmes, Romain. Une âme en paix voit des jardins en fleurs, tandis qu'une âme tourmentée ne voit que des déserts et des tempêtes.

Le sol se craquelle sous leurs pieds, chaque fissure libérant des murmures, des cris de douleur et de désespoir, comme si la terre elle-même gémissait sous le poids de leurs conflits internes.

— Nous avons navigué à travers des mers d'encre, affronté des ouragans de critique, escaladé des montagnes de doute. Pourquoi, Émile, pourquoi nous imposer une telle épreuve ? gémit Romain Gary, levant les yeux vers le ciel en furie.

— N'est-ce pas là, Romain, le propre de l'existence ? Une quête sans fin à travers l'adversité, à la recherche d'une vérité qui nous échappe toujours... Peut-être que notre lutte, notre voyage à travers ce paysage hostile est ce qui nous rend véritablement vivants ? lui répond Émile Ajar, sa voix portée par le vent.

Autour d'eux, le paysage se fait plus menaçant, les éclairs zèbrent le ciel d'une lumière crue, illuminant leurs visages, par instants fugaces, de clarté dans l'obscurité.

— Alors affrontons cette tempête ensemble, Émile, ajoute Romain Gary, avec détermination. Si notre quête doit nous mener au travers du désert, que notre union soit notre boussole. Que nos mots soient notre lumière dans les ténèbres.

— Marchons, Romain, sourit Émile. Traverser ce désert, braver cette tempête, c'est aussi accepter nos peurs, nos doutes. Chaque pas est une affirmation, chaque mot une rébellion contre le silence du néant.

Ensemble, ils avancent, pas à pas, à travers le paysage dévasté, leur dialogue semble un fil d'argent tissé à travers le chaos. Malgré l'hostilité de l'environnement, leur conversation devient un sanctuaire, un lieu de résilience et d'espoir. Les vents peuvent hurler, la terre peut trembler, mais leurs voix, unies, portent plus loin que jamais.

— Dans cette adversité, Émile, nous trouvons notre force, encourage Romain Gary, plus serein. C'est dans la lutte que nous découvrons qui nous sommes réellement.

— Et c'est ensemble, malgré tout, que nous continuons à écrire, à rêver. Même dans ce monde hostile, notre dialogue reste notre plus grande création, notre plus belle aventure.

Gary et Ajar réalisent que leur union, leur capacité à dialoguer, même face à l'adversité, est la clé de leur survie, de leur éternité.

Alors que le paysage hostile commence à s'apaiser sous l'effet conjoint de leur résilience et de leur union, les éclairs se font moins fréquents, les vents moins féroces, comme si leur résolution avait apaisé la tempête.

Dans cet environnement qui se calme peu à peu, Romain Gary et Émile Ajar sont soudain au bord d'un précipice. Le sol sous leurs pieds, bien que plus stable qu'auparavant, s'effrite en une falaise vertigineuse. Devant eux, s'étale un gouffre sans fin, engloutissant la lumière, les mots, et peut-être même les âmes. C'est au bord de cet abîme que leur conversation trouve un ultime tournant dramatique.

Romain Gary regarde le vide :

— Voilà donc notre destin, Émile. Un précipice sans fin, une chute éternelle. N'avons-nous jamais fui autre chose que cela ? Notre propre fin, notre propre néant.

— Peut-être que la chute est le prix à payer pour avoir osé voler, Romain. Pour chaque mot écrit, pour chaque rêve rêvé, il y a ce risque, cette peur vertigineuse de l'échec, de l'oubli.

Le vent se lève, avec une force nouvelle, comme s'il cherchait à les précipiter dans le vide. C'est dans ce moment suspendu, face à l'abîme, que la question sans réponse se fait jour, portée par la voix de Gary, tremblante d'incertitude.

— Alors, Émile, osons-nous sauter ? Est-ce dans la chute, dans l'abandon total, que nous trouverons notre vérité, ou est-ce là notre ultime défaite ?

— C'est la question que tout créateur doit affronter, Romain. Dans l'acte de création, il y a toujours cette chute, ce saut dans l'inconnu. Mais est-ce la chute qui nous définit, ou l'audace de sauter ?

Ils se tiennent là, au bord du gouffre, le silence autour d'eux chargé d'une tension palpable. La question reste en suspens, vibrante d'implications et de possibilités inexplorées. C'est une question sans réponse, ou peut-être une question dont la réponse est trop vaste, trop complexe pour être saisie en mots.

Dans un dernier acte de défi contre l'abîme, Romain Gary et Émile Ajar prennent une décision en silence. Ensemble, ils font un pas en avant, non pour tomber, mais pour embrasser l'incertitude, pour transformer leur chute en vol, leur peur en force. C'est dans ce geste, dans ce choix de faire face à l'abîme, qu'ils trouvent leur réponse, un acte de foi dans le pouvoir de la création, de l'imagination, et de l'esprit humain.

Et alors que la scène se fige, le destin de Gary et Ajar, suspendu dans ce moment dramatique, les laisse face à l'infini de cette question sans réponse. Rappel que, dans l'art comme dans la vie, il n'existe pas toujours de réponses claires, seulement des choix à faire, des abîmes à affronter, et peut-être, au-delà de tout, des ailes à déployer.

Au bord de ce précipice métaphorique, l'image des ailes à déployer prend une résonance particulière pour Romain Gary, lui rappelant sa vie de pilote, de combattant, lui qui avait littéralement pris son envol au-delà des frontières du sol terrestre.

C'est dans cette évocation des ailes du pilote que la conversation entre Gary et Ajar trouve un nouveau souffle, parallèle entre le vol physique et le vol métaphorique de l'esprit et de la créativité.

– Émile, souviens-toi de mes jours dans les airs, quand les ailes de mon avion m'élevaient au-dessus des nuages, au-delà des limites du monde connu. C'était là, dans le ciel, que je me sentais le plus libre, le plus vivant.

– Oui, Romain, je me souviens. Et n'est-ce pas là une métaphore de notre quête en tant qu'écrivains ? Nous élevons nos esprits sur les ailes de nos mots, cherchant à atteindre des hauteurs inexplorées, à toucher l'essence même de l'humanité.

Le vent autour d'eux se transforme, il semble moins une menace qu'une promesse, rappelant le souffle puissant qui porte un avion vers les cieux. Les ailes à déployer ne sont plus celles de la chute, mais celles de l'ascension, de la découverte et de l'aventure.

— Les ailes du pilote... - la voix de Romain Gary a gagné en assurance -, c'est une extension de soi, une fusion entre l'homme et la machine, entre le rêve et la réalité. Chaque vol était un acte de foi, un testament à la possibilité de l'impossible.

— Et si nos mots étaient nos ailes, Romain ? Si chaque histoire, chaque livre que nous avons écrit était un vol en soi, un voyage à travers les cieux de l'imagination, où chaque lecteur devient co-pilote, partageant nos turbulences, nos éclairs de clarté ?

Fort de cette vision, le précipice s'est transformé. Il n'est plus un abîme menaçant, mais le point de départ d'un envol, le lieu où les ailes de la création sont déployées dans toute leur envergure. Romain Gary et Émile Ajar, unis par la puissance de leur esprit et par les ailes invisibles de leurs aspirations, se préparent à prendre leur envol.

— Alors volons, Émile, encourage Romain Gary, les yeux brillants. Que nos ailes nous portent là où la peur n'ose s'aventurer, là où la solitude se dissout dans l'immensité du ciel. Que notre vol soit un message à ceux qui restent enchaînés au sol, une preuve que l'homme est fait pour conquérir les cieux, que ce soit avec des avions ou des mots.

— Volons, Romain. Que ce soit notre plus grand défi, notre plus belle aventure. Sur les ailes du pilote, sur les voiles de l'écrivain, découvrons ensemble de nouveaux mondes, de nouvelles vérités.

Et dans un élan commun, libérés de la gravité du doute et de la peur, ils s'élancent au-delà du précipice, non pas en chute, mais en un vol majestueux vers l'inconnu. Les ailes du pilote, métaphore de leur courage, de leur créativité, et de leur quête incessante de liberté, les emportent vers des horizons nouveaux, là où l'histoire se termine pour laisser place à l'imaginaire du lecteur, invité à rejoindre ce vol audacieux vers l'au-delà de l'écrit.

Que cette conclusion majestueuse, celle où Romain Gary et Émile Ajar prennent leur envol symbolique au-delà du précipice, serve de puissant rappel de la capacité de l'esprit humain à transcender les limites physiques et métaphoriques à travers le pouvoir de la créativité et de l'imagination. L'élan avec lequel ils s'avancent vers l'inconnu, portés par les ailes invisibles mais indomptables de leur aspiration, incarne la quintessence de l'aventure humaine.

Leur voyage, bien qu'ancré dans l'expérience de Gary en tant que pilote et enrichi par la profondeur de leur dialogue d'écrivains, résonne universellement. Il illustre la lutte intérieure contre les forces de la peur et de la solitude, et célèbre le triomphe de la volonté, de l'audace et de la vision. Ce moment de transcendance, celui où les frontières entre le soi physique et le soi créatif s'estompent, offre une invitation à tous les lecteurs : celle de déployer leurs propres ailes, d'explorer leurs ciels intérieurs, de s'élancer vers leurs propres horizons inexplorés.

En choisissant de voler, Gary et Ajar ne nous laissent pas seulement avec l'image de leur ascension ; ils nous laissent avec une question, un défi : comment, pouvons-nous, nous aussi, oser prendre notre envol ? Dans quelles sphères de notre propre vie cherchons-nous à transcender les limites, à atteindre des hauteurs auparavant inimaginables ?

Leur vol dans l'inconnu, bien que littéraire, est un testament à l'indomptable esprit humain, un rappel que, malgré les abysses qui peuvent se dresser sur notre chemin, il y a toujours place pour l'envol, pour la découverte de nouveaux mondes, tant extérieurs qu'intérieurs.

Dans leur union transcendante, ils nous invitent à reconnaître et à embrasser les multiples facettes de notre être, à accepter la complexité de notre identité, et à nous lancer, avec audace et espoir, dans l'aventure infinie de la vie. Leur histoire, bien que conclue dans les mots, ne fait que commencer dans l'esprit de ceux qui, inspirés par leur exemple, choisissent de regarder avec amour au-delà du précipice, vers l'immensité du ciel qui attend.

© Michel Tessier[54]

---

[54] Photographe et auteur de nombreux ouvrages, Michel Tessier vit et travaille aux États-Unis.

Dernières confidences sur un divan

Élisabeth Simon-Boïdo

(France)

"Parce qu'on ne peut pas vivre
sans quelqu'un à aimer »
Romain GARY

Mon nom est AJAR, Émile AJAR. NON !
Non ? j'ai dit.
Non. Mon nom est BOGAT, Shatan BOGAT.
NON !
Non ? j'ai demandé.
Non. Mon nom est SINIBALDI, Fosco
SINIBALDI. NON !
Non ? j'ai interrogé.
Non. Mon nom est GARY, Romain GARY, né
Roman KACEW, le 21 mai 1914 au cœur du quartier juif à
Wilno.

— Romain Gary, qu'est-ce qui vous a conduit à utiliser des pseudonymes ?

— La provocation, bien sûr. J'aime provoquer. Quand je provoque, je me sens vivant. Derrière un pseudonyme, je deviens le personnage de mon livre. L'écriture se dévoile en toute liberté, sans retenue. La liberté d'être enfin moi-même, peut-être. Dans une vie, il y a plusieurs personnages, des identités en quelques sortes. Comme des Barbapapa. Vous savez, ces personnages piriformes de différentes couleurs, ils changent de forme à volonté en fonction de la situation dans laquelle ils se trouvent confrontés. La vie est une frise chronologique dans laquelle les dates sont des âges, et les âges des formes identitaires. Pourquoi ne pas se les approprier pour faire de notre vie une aventure extraordinaire ? Ma mère était une femme extraordinaire.

– Romain Gary, comment avez-vous géré psychologiquement vos deux prix Goncourt obtenus sous deux pseudonymes différents ?

– Je dois dire que je me suis beaucoup amusé. La rumeur médiatique un peu moins. Une supercherie littéraire a-t-elle déclaré ! J'ai fait le *buzz*, comme on dirait aujourd'hui, n'est-ce pas ? C'était une façon de prouver, quel que soit le nom sous lequel j'écrivais, que ma plume était étrangère au temps. Me lire à tout jamais. Faire parler de moi sans moi. S'effacer devant les mots tout en étant maître de ses mots. Une œuvre sans mon nom, avec un pseudonyme. Une œuvre sans mon visage, avec un autre visage. Se cacher derrière un masque cousu de mes souvenirs d'enfance, se libérer enfin, peut-être. La littérature pour ne plus être prisonnier.

– Romain Gary, je vais vous poser une question un peu étrange, mais... si vous étiez un animal, quel animal seriez-vous ?

– Comme ça, sans réfléchir, un caméléon ! La peau d'un caméléon change de couleur par mimétisme. J'ai changé quatre fois de culture. La culture russe, polonaise, française et américaine. Est-ce que vous connaissez l'histoire du caméléon ? L'histoire du caméléon, on le met sur un tapis rouge, il devient rouge.

On le met sur un tapis vert, il devient vert. On le met sur un tapis jaune, il devient jaune. On le met sur un tapis bleu, il devient bleu. Et puis on l'a mis sur un plaid multicolore, le caméléon est devenu fou. J'ai raconté tout ça dans *La Promesse de l'aube*. Un livre que j'ai écrit à quarante-cinq ans.

— Romain Gary, comment s'est passé votre enfance ?

— Mina Owxzynska, ma mère, modiste, était atteinte comme beaucoup à l'époque d'une francophilie galopante. Faute d'avoir pu accoucher en France, je suis né dans une petite clinique, pendant la Première Guerre Mondiale, à côté d'un petit théâtre polonais à Wilno. Après quoi, mon père nous a quittés. Il avait déjà une famille. J'ai grandi seul avec ma mère. Un titan de la maternité. Une enfance triste. Expatrié et soumis à ma mère, femme omniprésente, voulant tout maîtriser, étouffante. Elle me ridiculisait par ses ambitions qu'elle brandissait sans cesse aux yeux de tous. Elle me dirigeait comme sa marionnette fétiche. Cependant, je n'ai jamais douté de son amour. Tout ce que ma mère voulait, j'allais le lui donner : aviateur, diplomate, résistant, romancier… Je faisais mes premiers pas dans la société.

— Romain Gary, qu'est-ce qui vous lie encore aujourd'hui à votre mère ?

— Ce qui me lie encore aujourd'hui à ma mère, c'est la France, c'est tout ce qui me reste d'elle. Ces rêves démesurés, ce courage qu'elle avait, qui est passé en moi, pour toujours. Ma mère m'accompagne chaque jour dans mon cœur. Je me suis promis de lui rendre tous les sacrifices qu'elle a faits pour moi, pour que je devienne quelqu'un, reconnu de tous. Ma mère m'a donné une force hors du commun et une fragilité à toute épreuve. Elle est morte sans jamais rien savoir de ma réussite dont elle rêvait. Je regrette qu'elle ne soit plus de ce monde. Elle qui a rêvé mon destin, elle serait tellement fière de moi.

– Romain Gary, qu'espérez-vous accomplir avec cette thérapie ?

– Je voudrais me retrouver, ne plus avoir le fantôme de ma mère qui me hante. Je l'entends encore me dire ses ambitions pour moi. Je voudrais être heureux, me sentir léger. Ma mère me voulait célèbre de mon vivant, c'est fait. Je lui ai rendu sa dignité. Je ne veux pas vieillir.

Romain Gary se suicida quelques semaines après cette séance, il ne prenait plus son traitement (anti-dépresseurs), il avait soixante-six ans.

© Élisabeth Simon-Boïdo[55]

---

[55] Ancienne élève de Julien BERTHEAU (ex sociétaire de la Comédie-Française), elle a créé une école de théâtre à Roquefort-Les-Pins dans les Alpes Maritimes (France), dédiée aux jeunes de quatre à dix-huit ans. Après avoir enseigné la comédie et monté des pièces pendant vingt ans avec ses élèves, elle se lance comme auteure pour la jeunesse qu'elle affectionne tant. Deux livres sont déjà sortis *Le Blob, c'est quoi ça ?* et *Grainette*.

L'expertise
Nathalie Sennegon-Nataf
(France/États-Unis)

© Nathalie Sennegon-Nataf

L'incompréhension va toujours plus loin que tout le savoir, plus loin que le génie, et c'est toujours elle qui a le dernier mot. Romain Gary.

– Le 2 décembre 1980, l'Agence France Presse annonce que Romain Gary vient de se donner la mort en se tirant une balle dans la bouche à son domicile, Rue du Bac, à Paris. C'est sa compagne Leïla Chellabi, qui l'a retrouvé mort.

– Le 30 juin 1981, la même agence fait une annonce stupéfiante, Émile Ajar n'était autre que Romain Gary, révélant ainsi le pacte secret entre Romain Gary et son neveu Paul Pavlovitch qui lui servait de prête-nom. Les auteurs des *Racines du Ciel* (Goncourt 1956) comme de *La vie devant soi* (Goncourt 1975), Romain Gary et Émile Ajar, n'étaient qu'un seul et même écrivain.

– Le 17 juillet 1981, est publié chez Gallimard un roman à titre posthume de Romain Gary intitulé *Vie et Mort d'Émile Ajar*, dans lequel il révèle avoir créé de toutes pièces le personnage d'Émile Ajar. Ce manuscrit avait été envoyé à son éditeur le jour même de son suicide.

– Le 9 mai 1982, l'Agence France Presse fait de nouveau une annonce renversante : l'écrivain au double prix Goncourt a été retrouvé vivant[56]. Son suicide était simulé. Romain Gary, retranché du monde, vit actuellement dans le village de Cabris, du côté de Grasse. Il y vivrait dans le plus grand secret, depuis l'annonce officielle de sa mort le 2 décembre 1980. Aujourd'hui âgé de soixante-huit ans, il résiderait dans

---

[56] La fiction démarre ici, tout ce qui précède étant rigoureusement exact.

une petite maison dont il ne sortirait que très rarement. Seul son fils, Diego, ainsi que sa dernière compagne, Leïla, semblaient être au courant …Il paraît être en parfaite santé…

La nouvelle fait scandale et un déferlement de reproches et d'indignation fusent. Avec une certaine frénésie, les critiques littéraires, qui n'ont plus de raison de se taire, peuvent donc se défouler sans retenue, puisque le fauteur est vivant. Elles s'en donneront à cœur joie. Même si cette nouvelle réjouira silencieusement les fans inconditionnels de Romain Gary, elle tentera néanmoins, dans cet engouement de critiques acharnées, certaines personnes concernées de plus ou moins près, de monter au créneau …

Ainsi, entre le 10 mai 1982 et le 28 juillet 1982, plusieurs plaintes pour usurpation d'identité sont enregistrées auprès du Tribunal de Grande Instance de Paris, à l'encontre de Monsieur Romain Gary.

Dans cette affaire, les plaignants veulent tous être dédommagés des désagréments et difficultés qu'ils rencontrent depuis des années, du fait des agissements de Romain Gary par l'utilisation illicite de leurs noms.

À la demande de l'avocat de Romain Gary, un jeune avocat, commis d'office, lors de sa mise en examen, lequel insiste sur le fait qu'il n'y avait aucune intention de nuire de la part de son client, le Juge d'Instruction, finit par designer un expert psychologique afin d'évaluer le degré de responsabilité du présumé coupable et de comprendre les motivations de Monsieur Romain Kacew, Gary, Ajar, etc…

Par décision du jeudi 2 septembre 1982, une expertise psychologique est donc ordonnée et Monsieur Émile Katz, est désigné pour procéder à cette expertise. L'expertise se déroule au cabinet du docteur Émile Katz, durant les matinées des jeudi 23 septembre et vendredi 24 septembre 1982,

Le matin du jeudi 23 septembre, le Docteur Katz se garant devant son bureau constate, non sans une certaine jubilation intérieure, que Monsieur Romain Gary, arrivé visiblement un peu avant lui, l'attend patiemment devant la porte de son cabinet...

– Je me présente, Docteur Katz. J'espère que vous ne m'attendez pas depuis longtemps, il me semble être à l'heure, pourtant.
– Bonjour Docteur Katz. Pas de problème, j'ai la vie devant moi.
– Entrez, je vous en prie, prenez place.
– Merci.
– Bonjour Monsieur Gary, ou devrais-je dire Monsieur Kacew ? Comment vous appelez-vous aujourd'hui, près de... deux ans après votre... supposé... décès ?
– Un an, neuf mois et vingt jours plus exactement, que j'étais mort. Mon nom est Romain Gary, né Kacew, et mort « par Ajar » si je puis dire. Je vis aujourd'hui sous le patronyme d'Arieh De Gaulle, nom d'emprunt qui fait référence à mon père légal et à mon père fantasmé. Les deux sont morts pour de vrai depuis longtemps, je ne pense donc pas qu'il existe aujourd'hui de plaignant portant ce nom...

— Hum ... Arieh De Gaulle donc ? Comme vous le savez, à la suite de la surprenante découverte de votre double identité Gary-Ajar, puis récemment de votre faux suicide, et de sa mise en scène, entièrement orchestrée par vos soins, plusieurs plaintes ont été enregistrées à votre encontre, toutes pour usurpation d'identité.

— Oui, ce qui me fait réaliser, vous en conviendrez, que..., en quelque sorte, les gens me préfèrent mort que vivant.

— Hum. Ainsi donc, les plaignants, qui figurent... si je puis me permettre, dans la première partie de l'instruction, sont les dénommés suivants : Monsieur René Deville, pharmacien à Bordeaux, Madame Sinibaldi, veuve de Monsieur Fosco Sinibaldi, propriétaire de l'épicerie située à Nice, place Massena, sous l'enseigne bien connue *Sinibaldi Padre e figlio dal 1890* ; Monsieur Émile Ajar, ingénieur technique, actuellement au chômage, Monsieur Émile Ageart, professeur de mathématique, retraité, et enfin Monsieur Romain Garry, né Gary, lequel a, depuis votre présumé décès, fait ajouter un R à son nom de famille pour chercher à alléger un tant soit peu, dit-il, ce poids patronymique...

Tous ont déposé plainte quelques jours seulement après que l'on avait découvert que votre suicide avait été monté de toutes pièces et quelques mois après la publication de votre dernier roman, dont la sortie était prévue après votre mort, intitulé *Vie et mort d'Émile Ajar.*

D'autres plaintes sont enregistrées, mais il faut un certain temps au juge d'instruction pour recevoir toutes ces personnes qui disent avoir souffert de vos fantaisies littéraires.

– Oui, je l'ai bien noté. Je n'aurais jamais imaginé qu'il existait autant de monde portant mes pseudonymes … J'ai eu l'impression à l'audience de me trouver dans une sorte de labyrinthe de miroirs…dans lequel mon image se reflétait à l'infini, sous diverses enveloppes identitaires. Moi qui m'étais habitué au statut de mort, cela m'a fait drôle de voir que, revenu à la vie, nous étions plusieurs...

– Oui, je l'avoue, c'est amusant ! Euh, pardonnez-moi..., revenons à notre sujet, hum… Dans cette affaire quelque peu rocambolesque, une expertise médico-psychologique a donc été ordonnée par le juge d'instruction, afin d'obtenir quelques éclaircissements sur votre degré de responsabilité au moment où vous avez, de façon multirécidiviste, volontairement et sans la moindre autorisation, usurpé diverses identités, ce qui constitue l'objet de ces plaintes. Je suis donc chargé de réaliser cette expertise, mais je vous avoue néanmoins que c'est un honneur de vous rencontrer. Je ne vais pas vous surprendre en vous disant qu'une affaire comme celle-ci est assez exceptionnelle, et que, dans ma carrière de médecin, et d'expert, de plus de quarante ans, je n'en avais jamais connu de similaire. J'ai bien entendu, comme tant d'autres, lu la quasi-totalité de vos romans et j'avoue que votre imagination m'a toujours impressionnée. Alors, lorsque j'ai été désigné pour faire cette expertise, je me suis finalement, je l'avoue, senti quelque part honoré !

— Je vous remercie de votre bonté à mon égard, et vous prie par avance de me pardonner, car je vais probablement vous décevoir. Les personnages de mes romans ont été, tout au long de mon existence, je vous assure, bien plus intéressants que moi-même. Quant à mes pseudonymes, je constate qu'en cherchant à alléger mon existence, j'ai, semble-t-il, alourdi celles de plusieurs personnes et j'en suis d'ores et déjà désolé.

— Alléger votre existence… ? C'est intéressant, je le note, nous allons y revenir. Je voudrais d'abord poursuivre cette introduction, car je pense que c'est la première fois que vous comparaissez devant la justice, n'est-ce pas ?

— Oui, absolument, c'est la première fois que quelqu'un porte plainte contre moi, il aura fallu attendre que je sois mort finalement…

— Vous n'avez pas perdu votre sens de l'humour et de la dérision, je vois, ce qui me conforte dans le fait que cette expertise va être très intéressante.

— Cela dépend pour qui…

— Hum. Donc, pour en finir avec les informations de pré-expertise, à la fin de notre entretien, je devrai rendre un rapport vous concernant et je devrai répondre aux questions posées par le magistrat en charge du dossier.

— J'ai donc envie de vous dire que ma nouvelle vie est entre vos mains, Docteur.

— Je souhaite que vous sachiez, Monsieur Gary, Ajar…, De Gaulle, que je ne suis pas désigné pour m'occuper du fond de l'affaire et que je ne suis pas juge. Je ne suis pas non plus chargé d'apporter des éléments dans votre dossier qui pourraient établir que vous êtes ou non coupable des agissements qui vous sont reprochés. Mon domaine d'intervention se limite à devoir rendre compte au juge de votre réalité psychique intérieure, en décrivant ce que j'aurai noté de votre personnalité, si vous acceptez bien entendu de m'y donner accès.

— Je l'accepte tout à fait, et surtout ai-je le choix ? Il va y avoir du boulot ! Moi-même, tout au long de ma vie, je n'ai pas tout compris à ma réalité psychique intérieure. Alors, après ma mort, je ne vous dis même pas ! Mais vous devez savoir que j'ai toujours respecté les institutions judiciaires de mon pays de mon vivant, je ne vois pas pourquoi je ne les respecterais pas après ma mort…Je me soumets donc à cette expertise, en espérant que vous ne soyez pas déçu de ce que vous serez en mesure de découvrir et d'analyser, comme vous le, dites, sur ma réalité psychique !

— Très bien Monsieur Gary, alors faisons connaissance si vous le voulez bien. L'examen de la personnalité que je dois faire consiste à vous poser une série de questions d'ordre biographique et professionnel. Êtes-vous prêt ?

— Je vous le redis, j'ai la vie devant moi !

— Donc, aujourd'hui, votre nom est… De Gaulle ?

— Oui, De Gaulle est le nom que j'ai toujours rêvé de porter, alors je me le suis offert après ma mort.

— Pourquoi ?

— Tout simplement parce que la période où j'ai rejoint les forces françaises libres a été la plus belle période de ma vie. Même si j'ai obtenu plusieurs prix dans ma vie d'auteur, dont un Goncourt officiel et un second Goncourt sous le nom d'Ajar, il n'y a, pour moi, pas de plus grande fierté que celle d'avoir été fait Compagnon de la Libération par le Général de Gaulle.

— Quel âge avez-vous ?

— J'ai aujourd'hui, soixante-huit ans… ou bientôt deux ans, si on tient compte de ma renaissance.

— Quand et où êtes-vous né ?

— Je suis né le 8 mai 1914 à Vilna, ville devenue pendant l'entre-deux guerres Wilno, en Pologne, et depuis l'actuelle Vilnius, capitale de la Lituanie. Vous voyez, Monsieur l'expert, même ma ville de naissance a des pseudos !

— Oui … c'est, en effet, original ! Quels sont les noms de vos parents ? Avec qui avez-vous vécu lors de votre petite enfance ?

— Mon père s'appelait, si j'en crois mon certificat de naissance, Arieh Lieb Kacew et ma mère Mina Owczynska. Mais j'ai été élevé par ma mère. Arieh nous avait quitté lorsque j'étais encore un jeune enfant pour fonder un autre foyer. Il a eu, avec sa seconde épouse, deux autres enfants que je n'ai jamais connus. Lui, son épouse et leurs deux enfants sont morts durant la deuxième guerre mondiale. J'ai très peu de souvenirs de lui. Je me suis rapidement admis abandonné d'un point de vue paternel.

Aujourd'hui, c'est sans doute pour tout cela que j'ai eu envie de porter son prénom. Je n'ai été élevé que par ma mère, qui elle aussi n'aura vécu que pour m'élever, au sens propre comme au sens figuré.

— Où avez-vous vécu enfant ? À quel âge êtes-vous arrivé en France ?

— J'ai vécu à Varsovie jusqu'en 1928, puis j'ai immigré en France avec ma mère donc, à l'âge de quatorze ans. Vivre en France était le rêve de ma mère. Son rêve, en ces temps difficiles, nous a sauvé la vie. Ma mère me rêvait Français. Dès notre arrivée à Nice, elle m'a inscrit au lycée sous le nom de Romain, alors qu'elle m'avait prénommé Roman. Un prénom pourtant prédestiné dans mon cas, vous en conviendrez ! Mais elle souhaitait franciser mon prénom, même si tout le monde, à l'époque, savait que je n'étais pas français. Alors, j'ai tout simplement continué la voie tracée par ma mère. C'est ma mère pour ainsi dire qui m'a donné mon premier pseudo ! Je n'ai fait que persévérer. Après quelques tâtonnements, j'ai très vite choisi le pseudonyme de Gary, il signifie brûle ! En Russe et à l'impératif. Exactement ce que voulait ma mère pour moi, que je brûle dans la vie, que je brûle la vie !

Lorsque bien des années plus tard, j'ai décidé d'emprunter le nom d'Ajar, j'avais déjà brûlé de mille feux d'où mon choix, car Ajar, en Russe toujours, signifie la braise.

C'était pour moi logique que le feu qui a brûlé se transforme alors en braise...

— Quelle est votre nationalité ?

— J'ai été naturalisé français en 1935, à l'âge de vingt-et-un ans.

— Compte tenu de votre situation, de votre vie publique et si célèbre, je vous dispense des questions portant sur vos études et vos professions. Concernant ce dernier point, je note que vous en avez eu une multitude : je vais les citer pour que vous me disiez si j'en ai oublié une par hasard. Vous avez donc été journaliste, écrivain, réalisateur, scénariste, aviateur, diplomate, consul ?

– Oui. Vous oubliez mon premier métier, jongleur, puis garçon de café, même si j'étais très jeune. Et surtout "Français libre", ce à quoi je tiens le plus.

– Ah, jongleur ? Je l'ignorais... je le note.... Français libre, bien sûr ! Absolument ! Êtes-vous actuellement marié, avez-vous des enfants ?

– Un fils, Diego, issu de mon union avec Jean Seberg. Je ne me suis plus jamais remarié après Jean. J'étais déjà récidiviste, le mariage n'était pas fait pour moi. En revanche le divorce, j'aime bien et je pense être un bon ex-mari.

– Pouvez-vous me décrire votre mère ?

– Il me faudrait encore une vie complète pour décrire ma mère. C'est d'ailleurs pour cela que j'ai écrit *La Promesse de l'aube* en 1960, j'avais tellement peur d'oublier...

– D'oublier quoi ? Que vous a-t-elle laissé de si particulier ?

– Ma mère était mon tout. Je l'ai déjà écrit : elle m'a appris l'amour, en m'en donnant tellement que j'en étais gavé. Ma mère n'avait aucune limite, c'est elle qui aurait dû recevoir tous les prix que j'ai obtenu dans ma vie. Sans l'espoir infini qu'elle avait en mon destin et la force de ses encouragements, je ne serai sans doute pas devenu celui que je suis. Elle a été mon ange gardien, mon soutien indéfectible, mon sauveur aussi.

– Votre sauveur ?

— Oui, aussi. Ma mère, lorsque j'étais tout jeune, m'a sauvé la vie lors de la révolution soviétique en se jetant sur moi sur la Place Rouge pour me protéger des balles qui fusaient. Dès mon plus jeune âge, elle a fait de moi un miraculé. Ma mère était mon moteur. Elle était démesurée dans les projets qu'elle avait pour moi. Dire que j'ai fait tout ce que j'ai fait pour assouvir les mirages qu'elle avait à mon sujet, sans que jamais elle ne le sache...

— Elle ne vous avait jamais rêvé mort, tout de même si je puis me permettre ?

— C'est bien la seule projection que je me sois offerte, en dehors de son influence. Elle m'a imaginé multiple et moi, j'ai suivi. Même morte, elle m'a encore supporté, comme je l'ai déjà raconté dans *La promesse de l'aube*, alors que je la croyais vivante... Toute ma vie, j'ai eu peur de la décevoir. Il n'y a que depuis ma mort que cette crainte est partie.

— Pensez-vous qu'elle serait déçue de ce qui se passe pour vous aujourd'hui ?

— Je ne me serais jamais suicidé si Mina était encore en vie. Mais elle est morte depuis si longtemps déjà... Je n'avais que vingt-sept ans lorsqu'elle est partie.

— Revenons-en aux nombreuses critiques émises étonnement à votre encontre depuis l'annonce de votre survie. Avez-vous été surpris, déçu, des réactions que votre retour à la vie suscitait ?

— Étonné non. Déçu, je l'avais déjà été de mon vivant par les critiques littéraires qui ont toujours aimé m'abattre. Et comme il est plus facile d'abattre un homme vivant qu'un homme mort, il y a eu, chez ces personnes, un regain d'énergie, un besoin d'en finir avec leurs frustrations.

— Leurs frustrations ?

— Pensez…presque deux années pendant lesquelles les critiques littéraires avaient hiberné, j'étais mort, elles n'avaient plus besoin de m'abattre.

— Il est vrai qu'elles ne vous ont jamais épargné.

— Mais c'est bien pour ça que j'ai adoré porter le nom des autres ! Je n'allais quand même pas renoncer à mon œuvre, qui me tenait tant à cœur, à cause de personnes malintentionnés.

— Vous voulez dire que c'est cela qui vous a poussé à prendre tant de pseudonymes dans votre vie ?

— En quelque sorte oui. Même si comme je vous l'ai déjà dit, je suis né et j'ai grandi dans un monde de pseudos ! Mais c'est aussi grâce à la bêtise humaine que j'ai pu me cacher derrière tous ces noms. Donc, si je fais le compte, la bêtise, que j'ai déjà nommée plus vulgairement la connerie, m'a donné, tout au long de ma vie et à plusieurs reprises, l'occasion de contourner les cons !

— Par l'utilisation de ces pseudos, vous voulez dire que vous avez également contourné ce que vous appelez *la connerie* ? Pensez-vous sérieusement que je puisse l'écrire dans mon rapport ?!

— Oui, absolument Docteur Katz ! La plus grande force spirituelle de tous les temps, c'est la connerie ! C'est elle, en effet, qui nous menace d'agression sous toutes les formes, constamment, sans arrêt. Je dirais même qu'elle est notre plus grand ennemi. L'intolérance, la haine, le totalitarisme, le fascisme d'extrême droite ou d'extrême gauche, la suppression de la liberté, le nivellement radical de tout ce qui est différent, le refus de la différence, etc. ... Tout ce qui est négatif, tout ce qui est contraire à cet humanisme dont je me réclame, eh bien oui, la bêtise se trouve certainement à l'origine de tout ça. Tout ce qu'il y a de monstrueux, tout ce qui nous a menacé de mort, tout ce qui nous a causé des dizaines et des centaines de milliers de morts, trouve ses racines dans la bêtise.

— Bon, je vois que sur certains sujets, vous êtes encore à cran. Il ne m'est pas désagréable, et là c'est le médecin qui parle, de constater que vous êtes actuellement en bonne santé physique et mentale ! Je le note ! Reprenons notre conversation plus calmement. Si je comprends bien, ces pseudos vous ont aidé à fuir, à créer plus librement. Mais alors, si je puis me permettre, compte tenu de votre récente résurrection, pourquoi avoir cherché à disparaître définitivement ?

— Depuis *les Racines du Ciel*, l'extermination m'obsède.

— Votre premier prix Goncourt ?

— Oui. C'était en 1956. C'était, sans prétention aucune, un livre précurseur sur l'écologie et la défense de l'environnement. Je pense honnêtement avoir été l'un des premiers écologistes de l'époque ! Mais surtout, il était question de vie ou de mort. Pourtant, déjà à l'époque, mon livre avait été compris de travers par les critiques qui n'avaient rien saisi. Je suis depuis toujours obsédé par la liberté de toutes les espèces humaines. Liberté de penser, liberté de vivre sans distinction de race, ni discrimination d'aucune sorte. Morel, mon personnage principal des *Racines du Ciel*, qui pourtant avait connu l'esclavage et la servitude, avait compris la valeur de la liberté. Et regardez aujourd'hui, a-t-on progressé sur la défense de l'environnement ? Non ! Il en va de même des guerres, du déclin, de la pollution, de la démographie... etc... Mais nous nous égarons, même si je pourrais en parler pendant des heures. Bref, je dois dire qu'au fil du temps, tout cela m'a littéralement submergé...

— Dois-je comprendre alors, qu'il s'agissait pour vous d'un désir d'échapper à tout cela, à notre monde?

— Je me suis offert la liberté de vivre et de mourir. La liberté de m'exterminer moi-même et de prendre une revanche personnelle sur la vie. J'ai eu très vite conscience que, pour continuer à vivre et surtout à créer, j'avais besoin de fuir et de me réinventer. Et pour être honnête, ces inventions m'ont aussi permis de m'échapper de la critique littéraire : mort aux cons ! D'ailleurs avec Émile Ajar, les dénommés critiques ont de nouveau prêté attention à mes écrits. Après m'avoir accablé, il y en a même qui, depuis que les choses se sont sues, ont écrit que *les œuvres d'Émile Ajar sont le meilleur de Romain Gary* ! C'est un comble non ?! J'ai donc été encouragé par ces cons, puisque mon « faux-moi » semblait meilleur que mon « vrai-moi »!

— Alors que dire à tous ces plaignants, Monsieur Gary, qui aujourd'hui vous accusent d'avoir usurpé leur identité et de leur avoir en quelque sorte...gâché la vie ??

— Et bien je voudrais tout simplement les remercier, et leur dire qu'ils ont sauvé ma première vie, celle d'avant mon suicide. Ils ont sauvé un homme, ils m'ont sauvé, moi, Romain Gary. Qu'ils m'ont permis, chacun d'eux et tour à tour, de nom en nom, de livre en livre, de tout reprendre à zéro à chaque fois. Ils m'ont offert de nouvelles vies, les unes après les autres. Je ne puis que les remercier et les remercier encore. Je leur dois énormément et je leur suis tellement reconnaissant. Je suis d'ailleurs tout à fait prêt à les dédommager, pensez-vous que cela soit acceptable ?

— Je le note, ah oui, je note ceci. C'est très bien ! cela va sûrement plaire au juge.

— Ah bon, vous pensez ?

— Oui, même si je ne sais pas si tous ces plaignants vont accepter vos excuses, vont-ils seulement vous croire ?

— Je peux peut-être leur proposer des droits d'auteur ? Après tout, ils ont pris part au processus de création et je leur dois un dédommagement.

— Je ne vous cache pas que ce serait, à mes yeux d'expert, une bonne orientation de votre dossier, mais je ne sais pas ce que le juge en pensera, cette affaire est, comme je vous l'ai déjà dit, bien singulière… Mais alors cela veut-il dire que vous acceptez de reconnaître votre culpabilité ?

— Si je reconnais une partie des accusations portées contre moi, je déments fermement avoir emprunté ces noms dans l'intention de nuire à quiconque. Je n'ai jamais cherché à faire du mal à qui que ce soit. J'ai toujours créé des personnages, des romans, car j'avais besoin de ne pas être moi-même. Comme je vous l'ai dit, j'ai voulu me débarrasser de Romain Gary pour qu'on me lise vraiment. J'avais toujours besoin de renouveau, d'une nouvelle jeunesse.

Mais je ne connaissais pas ceux qui portaient réellement mes pseudonymes, évidemment. Et si j'ai exposé ces gens, leurs vies, malgré moi, si ces personnes ont souffert par ma faute, j'en suis profondément navré. Ces hommes et ces femmes sont, je n'en ai pas le moindre doute, des personnes honorables. Des gens qui ont certainement eu des vies plus ou moins difficiles, qui travaillent, ont travaillé. Et l'embarras que j'ai pu leur causer en les mettant dans des situations parfois rocambolesques a certainement pu être tragique pour eux, je le conçois. Mais ils doivent comprendre qu'avec la vie qui était la mienne, je n'avais pas d'autre choix que de prendre des noms d'emprunts. J'étais prisonnier de mon image. Mais je suis bien conscient que, lorsque l'on emprunte, il est normal de rembourser.

— Mais alors cela veut dire que dans votre deuxième vie, pour reprendre votre expression vous n'empruntercz plus de nom ? Vous comprenez que, parmi les questions qui me sont posées par le juge, je dois également répondre à celle du risque de récidive…

— Actuellement, et dans ma deuxième vie, je n'ai que deux ans, cher Docteur Katz. Et si je suis mort, c'est pour mieux revivre. Je veux donc d'abord me donner le temps de trouver une mère. Une mère qui sera peut-être mon nouveau guide pour cette deuxième vie, s'il en existe une qui me convienne sur terre. Cela ne va pas être facile…

— En effet, cela ne va pas être facile… Avez-vous autre chose à ajouter à notre entretien Monsieur K…, G…, A… Arieh De Gaulle ?

Une seule pensée me vient à l'esprit à cet instant précis : je me suis entièrement exprimé.

– Je vous en remercie.

Rapport d'expertise déposé le 30 septembre 1982 :

Je déclare m'être entretenu plusieurs heures avec le dénommé Romain Gary, né Kacew, mort Ajar, rené De Gaulle. Le tribunal n'est pas sans ignorer la vie et l'œuvre du prévenu, ou devrais-je dire les vies et les œuvres du prévenu. Sur la question essentielle posée par le magistrat à savoir si Monsieur Romain GARY peut être considéré comme volontairement et intentionnellement responsable des faits qui lui sont reprochés, l'expertise menée ne permet pas de répondre clairement à cette question. Il est certain que l'approche psychologique de Monsieur Romain Gary, etc… qui a vécu une vie remplie de titres, de diverses activités professionnelles, montre que la réalité de sa vie l'a condamné dès son plus jeune âge à endosser divers personnages, ce qu'il n'a fait que reproduire tout au long de son œuvre littéraire. Je me déclare donc incompétent pour répondre à la question de l'entière responsabilité de Monsieur Romain Gary, né Kacew, mort par Ajar, actuellement dénommé Arieh De Gaulle. Il est à noter l'absolue bonne volonté du dénommé, à accepter le dédommagement à hauteur du ou des préjudices subis par les plaignants, que le Tribunal décidera de fixer.

Docteur Émile Katz.

© Nathalie Sennegon-Nataf[57]

---

[57] Florida Supreme court Family Mediator. Avocate honoraire du Barreau de Paris et Médiatrice Familiale. Auteure, Consultante et Conférencière. Auteure de plusieurs livres à l'usage des adultes et des enfants dont *P'tit Ben et Lola, le divorce dit par les enfants* disponible en français et en anglais.

Je sais que vous êtes là

Magali Breton
(France)

© Muriel Pic photographie

Je sais que vous êtes là
Quelque part Monsieur Gary
Je dois vous l'avouer cela
Suscite des railleries

Je vous crois bien assez fort
Pour vivre à titre posthume
Et vous moquer de la mort
En portant d'autres costumes

Je vous cherche tout le temps
Dans les pages du journal
Dans le flot de militants
Aux commandes d'un Rafale

Je peux vous apercevoir
Dans la rame du métro
Puis accoudé au comptoir
Du moindre petit bistrot

Il me semble que vous êtes
Au festival de Deauville
Apparaissant en vedette
Sous un autre état-civil

À la synagogue hier
J'entendais dans un murmure
Le prénom de votre mère
C'était votre voix, c'est sûr

J'attends le prochain Goncourt
Pour enfin me réjouir
De votre insolent retour
Au risque de m'évanouir

Toute ma vie désormais
Vous resterez mon idole
En dépit des quolibets
Même si l'on me croit folle

Car je vous sens près de moi
Chaque soir dans la pénombre
Je lis *La vie devant soi*
Et je m'endors sur votre ombre.

© Magali Breton[58]

---

[58] 1er prix Europoésie Unicef 2022. Grand Prix Académie Littéraire et Artistique École de la Loire 2023. Grand Prix poésie amoureuse - Société des Poètes et Artistes de France 2023.

TABLES DES MATIÈRES

Couverture, aquarelle et direction artistique :
Sandra Encaoua Berrih

Illustrations additionnelles :
Anna Alexis Michel
Luxy Dark
Laurent Desvoux-D'Yrek
Zeina Fayad
Aby M'baye
Sandrine Mehrez Kukurudz
Muriel Pic Photographie
Patricia Raccah
National Gallery
At the minnow pool – David Octovius Hill & Robert Adamson
Florence Sittenham Davey (détail) George Bellows 1914

Déjà disponibles dans la même collection :

MARGUERITE YOURCENAR, LA PREMIÈRE IMMORTELLE – Mélanges en l'honneur de Marguerite Yourcenar. Ouvrage collectif sous la direction d'Anna Alexis Michel - 08 juin 2023. (ISBN 9798395712127)

Contributeurs : Anna Alexis Michel, Agnès Castera, Olivier Coutier-Delgosha, Laurent Desvoux-D'Yrek, Émilie Dhérin, Sandrine-Jeanne Ferron, Jean-Michel Guiard, Martine L. Jacquot, Jean Jauniaux, Florence Jouniaux, Michel Lobé Etamé, Anamaria Lupan, Meziane Mahmoudia, V.Maroah, Sandrine Mehrez Kukurudz, Carole Naggar, Billy Nzalampangi Ngituka, Rémy Poignault, Annie Préaux, Aude Prieur, Mariem Raïss, Marie-Amélie Rigal, Claire Rio Petit, Élisabeth Simon-Boïdo, Sophie Turco.

HOMMAGE AU PETIT PRINCE – Quatre-vingts talents pour les quatre-vingts ans du Petit Prince. Ouvrage collectif sous la direction de Sandrine Mehrez Kukurudz et Anna Alexis Michel – 13 juin 2023. (ISBN 9798393698140)

Contributeurs : Anna Alexis Michel, Mona Azzam, Isabelle Bary, Marie-Claire Bauceré Dehaene, Amira Benbekta Rekal, Sylvie Beroud, Emma Blue, Frann Bokertoff, Olivier Bonneton, Pascale Boulineau, Bou Bounoider, Corine Braka, Chantal Cadoret, Nour Cadour, Agnès Castera, Gérard Cavana, Valérie Chèze Masgrangeas, Max Clanet, Tangi Colombel, Marie Blanche Cordou, Olivier Coutier-Delgosha, Luxy Dark, Gaëlle Déchelette, Michael Delaporte, Laurent Desvoux-D'Yrek, Émilie Dhérin, Hélène & Alexander Drummond, Pom Ehentrant, Vincent Engel, Laure Enza, Zeina Fayad, Muriel de Foucaud, Gilles Gaillard, Cathy Galière, Cyrielle Gau, Jean-Michel Guiart, Evelyne Guzy, Christine Hainaut, Carine Hernandez, Sonia Waehla Hotere, Bélinda Ibrahim, Florence Issac, Yannick Jan, Jean Jauniaux, Dominique Jezegou, Didier Kimmel, Nathalie Kohl, Tricia Lauzon, Jean-François Leger, Michel Lobé Etamé, Catherine Loup (Wolf), Meziane Mahmoudia, Valy Marval, Alice Masson, Sandrine Mehrez Kukurudz, Marie Meyel, Valérie Mirarchi, Lydia Mirdjianian, Steve Moradel, Don Moukassa, Nabil Naaman, Anne-Sophie Nédélec, Tom Noti, Françoise Péeters, Aude Prieur, Mariem Raïss, Nirina Ralaivao, Marie-Amélie Rigal, Claudia Rizet, Nathalie Sennegon-Nataf, Marynka Tabi, Éric Thériault, Gildas Thomas, Sophie Turco, Pierre Jacques Villard.

HOMMAGE À ALBERT CAMUS – Créer, c'est vivre deux fois. Ouvrage collectif sous la direction éditoriale d'Anna Alexis Michel et la direction scientifique de Mona Azzam – 7 novembre 2023.

Contributeurs : Anna Alexis Michel, Mona Azzam, Nour Cadour, Benoît Cazabon, Valérie Chèze Masgrangeas, Luxy Dark, Olivier Coutier-Delgosha, Laurent Desvoux-D'Yrek, Émilie Dhérin, Laurence Flez-Renaudin, Vincent Engel, Muriel de Foucault, Gilles Gaillard, Cathy Galière, Jean-Michel Guiart, Évelyne Guzy, Christine Hainaut, Bélinda Ibrahim, Martine L. Jacquot, Yannick Jan, Florence Jouniaux, Didier Kimmel, Marie Le Blé, Michel Lobé Etamé, Florence Lojacono, Meziane Mahmoudia, V.Maroah, Sandrine Mehrez Kukurudz, Valérie Mirarchi, Carole Naggar, Aude Prieur, Ingrid Recompsat, Marie-Amélie Rigal, Claudia Rizet, Abdelkrim Saifi, Marc de Saran, Élisabeth Simon-Boïdo, Philippe Stierlin, Michel Tessier, Sophie Turco, Jean-Michel Wavelet.

LE LIVRE DE NOS MÈRES – Dieu ne pouvait être partout, alors il a créé les mères. Ouvrage collectif sous la direction éditoriale d'Anna Alexis Michel et la direction artistique de Sandra Encaoua Berrih – janvier 2024.

Contributeurs : Anna Alexis Michel, Isabelle Antoine, Mona Azzam, Frann Bokertoff, Thael Boost, Bou Bounoider, Rachel Brunet, Agnès Castera, Nour Cadour, Chantal Cadoret, Valérie Chèze Masgrangeas, Tangi Colombel, Olivier Coutier-Delgosha, Luxy Dark, Émilie Dhérin, Laure Enza, Sandrine-Jeanne Ferron, Laurence Flez-Renaudin, Michel Fremder, Cathy Galière, Jean-Michel Guiart, Bélinda Ibrahim, Martine L. Jacquot, Jean Jauniaux, Florence Jouniaux, Gérard Laffargue, Michel Lobé Etamé, Meziane Mahmoudia, V.Maroah, Odile Marteau Guernion, Sandrine Mehrez Kukurudz, Valérie Mirarchi, Carole Naggar, Bob Oré Abitbol, Patricia Raccah, Mariem Raïss, Ingrid Recompsat, Marie-Amélie Rigal, Jean K. Saintfort, Nathalie Sennegon-Nataf, Élisabeth Simon-Boïdo, Adama Sissoko, Philippe Stierlin, Michel Tessier, Sophie Turco.

NOS LETTRES D'ASIE – De Saint-John Perse à François Cheng. Ouvrage collectif sous la direction éditoriale d'Anna Alexis Michel et la direction artistique de Sandra Encaoua Berrih – 24 mars 2024.

Contributeurs : Anna Alexis Michel, Mona Azzam, Mady Bertini, Frann Bokertoff, Magali Breton, Nour Cadour, Laurent Desvoux-D'Yrek, Pom Ehrentrant, Jean-Michel Guiart, Martine L. Jacquot, Vanina Joulin-Batejat, Florence Jouniaux, Catherine C. Laurent, Gérard Laffargue,Sandrine Mehrez Kukurudz,V.Maroah, Carole Naggar, Patricia Racc ah, Ingrid Recompsat, Isaline Remy, Marie-Amélie Rigal, Jean K. Saintfort, Élisabeth Simon-Boïdo, Adama Sissoko, Françoise Tholozan.

Les avatars d'un génie
Hommage à Romain Gary

Les avatars d'un génie
Hommage à Romain Gary